미로

미뢰 味蕾

초판 발행 | 2015 년 5월 20일

지은이 | 김은주
펴낸이 | 신중현
펴낸곳 | 도서출판 학이사
　　　　출판등록 : 제25100-2005-28호
　　　　주소 : 대구광역시 달서구 문화회관11안길 22-1 (장동)
　　　　전화 : (053) 554~3431, 3432
　　　　팩스 : (053) 554~3433
　　　　홈페이지 : http : // www.학이사.kr
　　　　이메일 : hes3431@naver.com

　ISBN _ 979-11-86577-91-2　03810

味
噌

미
리

김은주 수필집

學而思 | 학이사

글이 묵은 정情이라면 음식은 춘색 가득한 새 정情입니다.

오래된 정은 곰삭아 든든하고 새로운 정은 보기만 해도 감칠맛 납니다. 평생 모르고 살던 세상을 음식을 통해 다시 보며 음식이 주는 화색에 붉게 가슴 뜁니다. 먹는 일은 뭇 생명을 살리는 일이고, 먹이는 일은 사람을 섬기는 마음입니다. 엎드려 모셔 온 재료로 누군가를 거두는 일은 저도 즐겁고 남도 이로운 일입니다. 자연이 주는 경험을 스승삼아 노동으로 익힌 언어만이 온전한 나만의 문장임을 비로소 깨닫습니다.

느린 마음으로 산을 오릅니다. 건강한 노동 뒤에 흐르는 순도 높은 땀을 보며 물오른 생강나무 아래 잠시 쉽니다. 소리 없이 지고, 또 피는 은근한 풍경을 당연지사라기보다 기적처럼 여기는 것은 제 안에 사랑이 넘치는 탓일 겁니다. 눈보라 치는 청도에서 강정을 빚고, 꽃 피면 산을 오르다 보니 벌써 여러 해가 지났습니다. 오가는 세월에 산은 꽃도 내어주고 내 흥취에 대거리도 잘해줘 그간 썩 잘 놀았습니다. 작정 없이 놀고 음식을 사랑하며 보낸 하루가 쌓여 여기 탑塔을 이루었습니다. 글이라기보다 충실히 산 제 숨소리입니다.

2015년 5월
김 은 주

■ 차례

1부
인연섭수

미뢰味蕾*

　맛봉오리가 들썩인다. 혀 아래서 찰랑찰랑 침이 고이나 싶더
니 그새 할머니 앞에 쪼그리고 앉았다. 딱 손바닥만 한 칼이다.
크지도 작지도 않은 칼로 참 기막히게 썬다. 약간 옆으로 기울인
어깨는 모로 꼰 고개 따라 흔들린다. 큰 고무통에 도마를 걸치고
손은 부지런히 웅어熊漁를 썰며 앞에 앉은 나를 쳐다본다. 눈은
이미 도마를 떠났는데도 칼질은 여전히 맞춤하게 움직인다. 착
착 칼 너머 국수 가닥 같은 웅어가 쌓인다. 호객행위는 없다. 그
저 한번 쳐다보고는 다시 써는 일에 집중할 뿐이다. 한참을 지나
도 가지 않고 있는 나에게 할머니 낡은 나무상자를 발로 밀어준
다. 나를 쳐다보지도 않고 나무상자를 밀어주는 발은 맨발이다.
양말 없이도 난전에서 견딜만하니 봄이 그에 다 갔나 보다. 차양

13

사이로 들어온 볕에 나무상자 사뭇 따뜻하다. 쉬어 가도 좋다는 할머니 마음이다. 말하지 않고도 훈훈한 마음을 듬뿍 쏟아내는 할머니는 여간내기가 아닐성싶다.

보고 있으니 먹고 싶고 먹고 싶으니 앉았다. 삐걱거리는 나무 상자에 앉아 길게 고개를 빼고 하얀 웅어 속살을 본다. 착착 깔축없이 써는 칼솜씨를 보며 어디 세월이 공으로 갔을까 싶다. 도마와 칼이 합일슴—을 이루는 저 경지는 아마도 묵은 세월에서 나온 것이 분명하다. 할머니가 입은 적삼과 아래 속곳을 보니 봄과 여름이 함께 있다. 봄이 오나 싶더니 그새 갔다. 봄과 여름 사이 딱 요맘때가 아니면 결코 먹을 수 없는 것이 웅어다. 얼추 봄꽃이 지고 막 숲이 통통하게 살이 오르는 보리누름 즈음이 낙동강 웅어가 한창인 때다.

누룩 사러 고개 넘어 창녕장에 오니 시절 인연이 닿았는지 귀한 웅어를 만났다. 작정하지 않고 만나니 더 반갑다. 국밥집 뒷골목에 좌판 하나 두고 앉아 할머니 봄과 여름 사이를 곡진하게 썰고 있다. 움푹하게 볼우물이 패인 도마를 보니 세월이 그곳에 소복하다. 칼이 도마를 삼키는 동안 할머니는 철 따라 다른 고기를 썰며 계절을 건넜으리라. 긴 세월을 그저 보내지 않은 할머니의 칼솜씨가 웅어에 감칠맛을 더한다. 곰곰이 생각해보니 맛과 오래됨은 늘 한 몸처럼 같이 다닌다. 칼이 닳아 오래된 맛에는

14

아무나 흉내 낼 수 없는 진솔함이 배어있다.

할머니 칼끝에는 할머니만의 짭짤한 간기가 숨어있다. 간이 어디 소금에만 있으랴. 칼끝에서 무슨 양념이 나오는지 전어도 우럭도 할머니가 썰면 그 맛이 다르다. 고기의 두께와 써는 방향에 따라 전혀 다른 맛이 나기 때문이다. 도톰하게 썰어야 제 맛인 회도 있지만 뼈째 먹는 웅어는 가로로 놓인 뼈를 살짝 비틀어 써는 재주가 있어야만 씹는 내내 고소함을 느낄 수 있다. 뼛속 사정을 훤히 알고 있어야 가능한 일이다. 산란을 위해 먼 바다에서 민물까지 안간힘을 다해 거슬러 올라온 내력을 아는 사람만이 그 참맛을 느낄 자격이 있다. 맛은 혀가 느끼는 것이 아니라 뇌가 느끼는 것이 분명하다. 혀 안에 3천 개의 미뢰가 꽃봉오리처럼 혀를 감싸고 있어도 끝내 맛을 느끼는 것은 뇌를 통한 온몸이다. 할머니 세 가지 양념장과 함께 웅어 한 접시 소복하게 썰어낸다. 낡은 접시가 금방 환해진다.

웅어 맛은 솔직하고 소박한 데 있다. 소박하니 꾸밀 것이 없고 솔직하니 속내가 훤히 보인다. 맑고 투명한 웅어를 먼저 산초가 들어간 초장에 찍어 한입 먹어본다. 쌈과 채소를 곁들이지 않고 오롯이 웅어의 살만 즐긴다. 쫀득한 살에 풋 갈대 향이 스친다. 낙동강 하구언의 갈대밭과 먼 바다 냄새도 함께 난다. 익히지 않고 생것에만 숨어 있는 살아있는 맛이다. 알싸한 산초 향이 매운 초장과 어우러져 웅어는 금방 입안에서 사라진다. 사라진 후에도 오래 혀 밑에서 단내가 올라온다.

다음은 겨자장과 함께 먹어보니 톡 쏘는 맛과 함께 웅어 특유의 맛이 느껴져 그 오묘한 향을 뭐라 말로 표현하기 어렵다. 간장에 푼 고추냉이의 매운맛이 순한 웅어 살을 단숨에 감싸 안는다. 씹으면 씹을수록 입안이 화하다. 박하사탕을 먹고 난 뒤 입안에 이는 시원한 바람 같다. 후후 바람 소리를 내면 금방 입안에서 강바람이 불어올 것 같다.

마지막으로 할머니가 비장의 무기처럼 내놓은 묵은지와 된장이다. 회에 무슨 된장이냐 싶겠지만 씻은 묵은지에 된장을 넣고 웅어 한 점 올려 먹으니 새콤한 김치맛과 구수한 된장이 절묘하게 섞여 웅어 맛을 더욱 돋운다. 오래 씹으니 상큼한 수박 향이 나는 빙어 못지않다. 할머니가 내어준 장醬과 고기는 서로 스미되 들뜨지 않고 씹을수록 섞여 다른 맛을 낸다. 스미고 섞여 이루어내는 맛, 참으로 재미롭다.

재미난 맛은 매 순간 변한다. 본디 맛이란 참으로 주관적이라 똑같은 음식을 먹고도 다 다른 맛을 이야기한다. 각자가 지닌 추억과 시간을 함께 버무려 먹으니 그 맛이 다를 수밖에 없다. 마지막 한 점까지 다 먹고 일어서니 어디 배만 부르랴. 미뢰를 풍요롭게 자극하던 할머니의 칼솜씨가 웅어보다 더 맛깔스럽다.

무릇 칼 속에도 맛이 있나니. 미뢰를 살아 꿈틀거리게 하는 오지
고 푸진 맛.

* 미뢰 - 혀에 있는 맛을 느끼는 꽃봉오리 모양의 기관

인연섭수

  기다린다 한들 올까 붙잡는다 하여 아니 갈까. 천지간 애쓰지 않아도 올 것은 오고 갈 것은 기어이 간다. 오고 가는 일에 마음 쏟을 만큼 한가하지 않은 나에게 세월은 언제나 화살이다. 봄이 오나 싶어 산으로 꽃 따러 다니다 보면 금방 여름이고 내리는 장맛비 보고 있다가 보면 또 가을이다. 가을은 소리도 없이 왔다가 다시 눈 내리는 겨울이면 나는 또 총총 바빠진다.

  작정하지 않았는데도 계절은 어김없이 오고 저절로 흐르는 시간은 그대로 떠나보낸다. 더러 오가는 길에 인연 깊어 내게 머무는 것이 있으면 기꺼이 받아들이고, 가겠다고 발버둥 치면 순순히 놓는다. 그리하여 몸 안에 고이는 것은 평생 나의 것이 되고 떠나는 것은 아쉽게 사라지니 그 또한 나에게 귀하다. 내게로 들이는 인연과 보내는 인연은 늘 반반이다. 빛과 그늘이 일하는 나에게 번갈아 찾아오듯이 내게 오는 만사가 다 그러하다.

먹감나무 이층장 하나가 내게로 왔다. 어느 곳 누구의 손에서 만고풍상을 겪었는지 온통 부서지고 패인 모습이 고단해 보인다. 경첩 사이 낀 땟국이 기미 오른 촌 아낙의 얼굴 같다. 말 한마디 서로 건네지 않았지만, 몸 안으로 밀려드는 기운이 어찌나 팍팍한지 이틀 그냥 물끄러미 바라보기만 했다. 차마 입을 뗄 수는 없었지만 그냥 다시 버리고 싶었다. 어디서부터 어떻게 손을 써야 할지 막막한 마음 탓에 집으로 들이지도 않고 베란다에 내버려뒀다.

햇살이 들이치는 아침. 마른 화분에 물 주러 나갔다가 이층장 옆구리를 우연히 봤다. 구불구불 드러난 핏줄 같은 나무의 결. 앞이 아니고 옆이다 보니 있는 그대로의 정직한 나무 모습이다. 몇 해를 땅에 뿌리를 박고 서 있다가 또 얼마의 세월로 이층장이 되어 살아왔는지 아침 햇살 아래 그 모습이 처연하다. 세상사 무심한 일 하나도 내게 그저 오는 법 없듯이 다 긴한 볼일이 있었을 터인데 이를 사랑해야 마땅하지 않겠는가. 그리 생각하고 물을 주다 힐끔 돌아보니 햇살 든 이층장 옆구리가 자꾸 무어라 중얼거린다. 애써 외면했던 이야기들이 하나씩 마음에 와 박힌다.

한 이틀 눈길 주지 않은 것이 어찌나 미안한지 얼른 가 밀가루

풀을 쑨다. 지치고 고된 삶은 어디 삶이 아니던가. 밝고 빛나는 삶보다 더 귀할 수도 있는데 왜 우리는 그저 환하고 밝은 곳에만 눈길을 주는지. 기운 없는 이층장을 깨어나게 하려고 한지도 되도록 밝고 고운 색으로 준비한다. 칙칙한 수렁에서 환하게 건져 올리고 싶은 나의 마음이 간절했던 탓이다. 고가구에는 누런 무색한지가 제격인데 색깔한지가 웬 말이냐고 식구들은 말했지만 내가 쓸 물건이니 내 마음이다.

언제부터인가 남의 눈보다는 내 마음이 동動하는 대로 하는 것이 편해지기 시작했다. 마음이 가지 않는 곳에는 걸음도 줄이고 하고자 하는 일은 즉시 행동으로 옮기는 이상한 버릇이 생겼다. 상대에게 피해를 주지 않는 범위 내에서 나는 요즘 고삐 풀린 망아지다. 자유로움 속에서 새로움이 생겨난다. 새로움은 또 다른 호기심을 낳고 그런 가운데 나만의 세계가 구축된다. 견고한 그곳에서 나는 다만 나만의 즐거움을 익히는데 골몰한다.

헤진 곳은 문지르고 파인 곳은 살을 채워가며 목재 염료를 바른다. 고단해 보이던 상처들이 하나둘 사라진다. 푹푹 파인 상처가 가려지니 이층장 제법 무사해졌다. 겉은 어느 정도 멀쩡해졌으니 이제 나무속을 촉촉이 채울 차례다. 들깨 한 줌을 찧어 광목에 넣고 동그랗게 말아 나무에 문지른다. 한 듯 아니 한 듯 나무의 피부가 윤택해진다. 그 어떤 광택제보다 더 빛난다. 은은하게 스미는 기름이 나무를 어루만지니 나무의 결이 선명하게 살아난다. 살아난 나뭇결 사이로 들깨 향 그윽하다.

겉옷을 챙겨 입혀 놓고는 이제 속옷을 입힌다. 이층장 위에는 살구색으로 아래는 푸른 바다색으로 도배한다. 머리를 작은 장에 들이밀고 엎드려 촘촘히 바른다. 땀이 한 바가지다. 마음이 실리지 않으면 보되 보이는 것이 없고 듣되 들리지 않는 법이다. 참말이지 사랑해야 보이고 서두르지 말아야 비로소 보인다.

탑탑한 세월의 냄새가 갓 쑨 풀 냄새에 묻히고 누런 얼룩이 금방 환해진다. 장롱 안에서 뒤척거리다 보니 굽이굽이 세월을 건너왔을 이층장의 속내가 헤아려지고도 남는다. 쓰임 다하고 그저 누추하다는 이유만으로 버렸다면 어떡할 뻔했는가. 아무리 허름한 세월도 분단장하고 나니 제법 곱다. 사랑하고 마음 다해 쓰다듬어 세상에 곱지 않은 것이 어디 있으랴. 다 발라 놓고 일어나보니 환하고 출렁거린다. 복사꽃 핀 야산 언덕처럼.

분명 먼 시간 어느 아낙은 이 옷장에 모시옷 몇 벌, 솜바지, 시집올 때 가져온 사주단자, 자식들 생년월일이 적힌 종이가 고이 쟁여져 있었을 것이다. 때로는 볕 잘 드는 남향 안방에 앉아 빛 좋은 호시절도 있었을 것이고 주인 팔자 따라 이리저리 고단하게 이사도 다녔을 것이다. 그러나 나는 전혀 다른 용도로 쓴다. 아래 푸른 방에는 유기그릇과 오래된 접시를 넣고 위에 살구색

방에는 떡살과 베보자기, 여러 고명 틀을 넣어 둔다.

그새 음식 만진 세월이 쌓였는지 보물단지처럼 들고 다니는 음식조리 도구들이 제법 쌓였다. 지금 당장은 내게 가장 귀한 것이다. 씻고 닦아 이층장에 쌓는다. 시골집 구석방에 둬도 마음의 의지처가 하나 생긴 듯 든든하다. 한 이틀 사랑하고 정성을 쏟았더니 무심하던 이층장이 피가 돌고 생기가 난다.

모든 인연은 만났을 때 가장 그 인연을 풀어내기 좋은 때라고 한다. 무슨 연유인지 내게로 와 새로운 인연이 시작되었으니 받아들여 내 안에서 녹여내고 가꾸어야 하지 않을까? 슬슬 이층장과 사랑을 나누며 혼자 중얼거린다.

"내게 오는 모든 인연이 환하게 생기 나기를, 내내 그러하기를."

희영층 喜盈層

"어둡살이 끼더라도 고개 넘어 오너래이."

다 늦은 저녁에 할머니 더듬더듬 전갈을 넣으셨다. 겨울 하루 해는 왜 이리도 짧은지. 아무리 분주히 움직여도 비슬산을 넘어가는 저녁 해를 잡을 수가 없다. 오늘도 노루 꼬리보다 더 짧은 겨울 해를 잡고 아침부터 고두밥을 찌고 말렸다. 일은 태산인데 시간은 늘 쥐꼬리다.

내일 당장 집수리를 해야 하니 이 밤중에 항아리를 들고 가라는 할머니 말씀이다. 항아리야 내가 가장 사랑하는 물건이니 밤낮이 무슨 대수일까? 그저 가져가라는 그 말이 반가울 뿐이다. 할머니야 묵은 세월을 들어내고 새 단장을 하는 마당에 사람 키만한 항아리가 영 애물단지일 터이고 무엇이든지 삭히고 익혀야 하는 나로서는 항아리 하나가 천금보다 귀하다. 그러니 밤중 아니라 새벽이라도 불원천리 달려갈 판이다.

할머니 연세가 이미 일흔을 넘기셨고 할머니 시어머니 때부터 쓰시던 독이라니 그 세월은 손꼽아 보지 않아도 짐작이 간다. 독 하나에 지나갔을 만고풍상이 먼 산골짜기보다 더 깊게 느껴진다.

트럭을 구해 이서를 지나 알미뚱으로 간다. 얕은 야산에 천지가 복숭아나무다. 제 할 일을 마친 복숭아나무는 겨울바람을 이기고 서서 내년 봄을 기다리는 중이다. 날은 차지만 가지 끝은 이미 붉다. 촘촘히 모인 붉은 가지가 봄을 기다리며 환하다.

알미뚱을 지나 남성현재 하나를 더 넘고 나니 그새 푸르스름한 저녁이 골짜기를 덮었다. 겨울 어둠은 어찌나 다급하게 다가서는지 손 쓸 새도 없이 어두워진다. 금방 먼 동네와 가까운 들판의 경계가 무너지며 푸른 어둠으로 하나가 된다.

골목 어귀에 나와 계시던 할머니는 기다렸다는 듯이 보자마자 내 손을 잡고 옥상으로 올라가신다. 좁은 블록 계단이 가파르고 위태롭다.

"이놈들을 우째 내릴 거고. 내사마 걱정이 태산이다."

너른 옥상에 웅크리고 앉은 항아리 덩치를 보니 나 또한 막막해진다. 다섯 개나 되는 항아리를 어떻게 내릴까 궁리하다가 밧

줄을 가져와 볼록한 항아리 허리를 묶어 양쪽에서 들고 내린다.

그런데 좁은 계단을 겨우 지나고 보니 아래채 모퉁이에서 항아리가 딱 걸려 지나갈 수가 없다. 할머니 아뿔싸 하는 표정으로 무릎을 치며

"아래채 짓기 전에 저놈이 옥상으로 올라간 모양이다. 그러니 이 물건이 얼마나 오래됐노"

할머니는 항아리의 역사를 새삼 일깨우며 우리는 다시 옥상으로 항아리를 들고 올라갔다. 다시 옥상에 올라 내려다보니 옆집 창고 지붕이 비스듬히 옥상에 걸쳐져 있다. 2명은 창고 지붕 아래서 항아리를 받고 또 2명은 살살 지붕 위로 항아리를 굴려 겨우 항아리 다섯을 땅에 착지시켰다.

날이 찬데도 온몸이 땀범벅이다. 불가능할 것 같던 일을 무사히 치르고 난 다음의 안도감이 서서히 식는 땀과 함께 안온한 평화를 내게 선물한다.

일을 마치고 할머니 마당에 둘러앉아 뜨신 국물에 막걸리 한 잔씩 나눈다. 할머니는 오가는 술잔을 잡고 할 말이 많다. 서리서리 항아리에 묻어 두었던 시집살이가 콤콤한 냄새를 풍기며 술안주로 나선다.

술 한 잔과 청춘의 눈물 한 자락을 곱씹어 마시며 할머니 가끔 목이 메기도 한다. 속정 없던 영감님이 야속하고 고추보다 맵던

시어머니가 미울 때도 애꿎은 항아리만 닦았다고 한다. 아무리 닦아도 도무지 태깔이 나지 않던 오지항아리를 보면 할머니 자신을 닮은 것 같아 애가 터지기도 했단다.

그래도 무던한 항아리 속 음식으로 아이들 여섯이나 무사히 길러 세상밖에 내놓으셨으니 항아리도, 할머니도 장하기 그지없다.

얼추 술이 비워질 때쯤 하늘을 올려다보니 감나무 가지에 달이 걸렸다. 분가루 뿌리듯이 환한 달빛이 어찌나 좋은지. 그 달빛 받은 할머니 얼굴도 발그스레하니 곱다. 항아리를 떠나보내며 할머니 청춘의 눈물 바가지도 함께 훨훨 날려 보내니 이 아니 가벼운가?

세상 물건이란 제가끔 주인이 따로 있는 법이다. 쓰임이 다하면 떠나고 쓰임이 필요한 곳으로 이동한다. 자연에 이치라는 것이 차면 넘쳐흐르고 부족한 곳으로 고이게 마련이다. 인연이라는 것이 사람에게만 있는 것이 아니다. 물건도 인연 따라 오간다. 항아리도 연이 닿아 내게 왔으니 귀하게 품을밖에.

단단히 밧줄로 항아리를 묶고 다시 남성현재를 넘어온다. 그새 달이 휘영청 산등성이에 높게 떠 있고 돌아오는 길은 내내 함박웃음이다. 산자락 백양나무 숲에 부서지는 달빛이 어찌나 희고 고운지 달빛 받은 숲이 밤중인데도 훤하다. 자나 깨나 갖고 싶었던 항아리 아닌가? 찬란한 보석을 가진들 이리 행복할까? 못난 오지항아리 다섯 개가 나를 더할 수 없이 그득하게 만든다. 푸른 달빛에 젖은 산천을 내다보며 세상 부러울 것이 없는 심정으로 콧노래를 흥얼거리며 무릎장단도 함께 친다.

오밤중에 집 마당에 항아리를 내려놓고 목욕을 시킨다. 한껏 물을 뿌려놓고 들여다보니 물 묻은 항아리에 달빛이 고스란히 내려앉았다. 워낙 키가 커 눕혀놓고 속속들이 묵은 때를 씻어낸다. 물로 씻는 것이 아니라 달빛으로 쓰다듬고 나니 그새 인물이 훤해졌다. 숨어 있던 무늬도 보이고 흙 색깔도 고스란히 전해진다. 나는 밤이 이슥하도록 단지를 굴리며 혼자 잘도 논다. 누가 보면 한밤중에 이 무슨 난리인가 싶다.

이렇게 별스럽지 않은 것에 충만한 행복을 느끼는 층層은 무슨 층이냐고 지인에게 한 번 물어본 적이 있다. 한국의 중산층에 대해 말하던 그가 한마디 맛있는 말을 내게 전한다.

'희영층喜盈層'

맞다. 무슨 일을 하든지 스스로 기쁘고 그득하면 그것으로 족한 것 아닌가? 이것 말고 우리 인생에 무엇이 더 필요할까?

꽃 탁발 托鉢

꽃바람이 들어도 단단히 들었다. 새벽잠을 미루고 일어나 산으로 탁발하러 간다. 누가 부르기라도 했나 발걸음이 가볍다. 산천에 찬기가 가시자마자 마음은 떠다니는 구름이 된다. 바람 부는 대로 이리저리 휘둘리며 바람이 가자는 대로 산을 오른다. 시켜 하라 한들 선뜻할 일인가? 그러나 바람이 길을 열어주는 대로 올라가 보면 그곳에 신기하게도 꽃이 있다. 신명이 꽃을 부르고 부지런함으로 봄을 맞는다.

산 아래 동네를 지나 절 마당을 가로질러 산의 중심으로 든다. 아직은 초록보다 회색이 짙지만 그래도 요맘때가 산을 오르기에 딱 좋은 계절이다. 먹이가 없으니 벌레도 보이지 않고 숲이 우거지지 않아 움직임이 자유롭다. 이렇게 성근 숲 사이로 곳곳에 꽃이 환하다. 모진 겨울을 건너온 꽃을 눈록嫩綠의 숲이 받치고 서 있다.

무시로 산을 오르다 보면 저절로 나만의 지도地圖가 생긴다. 돌 복숭아는 산 아래, 생강나무는 한참 위에, 다래나 으름은 계곡 쪽으로 자리 잡고 있다. 머릿속에서 자라는 지도는 산에 오지 못 하는 겨울 동안 나의 걱정을 먹고 자란다. 혹여 매서운 추위에 얼어 죽지나 않았는지, 태풍이나 우박은 잘 피했는지, 지도는 부 질없는 걱정을 먹이로 삼아 내 곁에 서식한다. 그러다 봄이 오면 통통히 살이 오른 궁금증이 자꾸만 나를 산으로 부른다.

산길을 오르며 머릿속 지도 따라 올봄도 꽃이 무사한지 눈여 겨본다. 돌본 적 없고 눈길 한 번 준 적 없는 데도 산길 모퉁이마 다 돌 복숭아꽃 저절로 눈부시다. 볕이 잘 든 쪽의 가지는 꽃 무 게에 못 이겨 둥글게 휘어졌다. 작년 바로 그 자리다. 나무의 키 가 더 자랐고 가지의 방향이 조금 달라졌을 뿐 꽃은 그 모습 그 대로다. 일 년 만에 만나니 뭉클, 반갑기까지 하다. 모진 추위를 이기고 아무도 모르게 나이테 하나 더한 모습이 씩씩하고 대견 하다.

하나씩 꽃을 솎아 가지 사이에 길을 낸다. 꽃을 버린 가지에 진물이 선명하다. 흐드러진 가지에 목탁 염불 한 자락 남기지 않 고 꽃을 그저 얻어 오지만 자연은 언제나 무한한 보시布施를 내게 베푼다. 게으른 일꾼에게 자연이 내미는 마음은 아무런 조건이나 이유가 따로 없다. 그러기에 나 역시 욕심 없는 마음으로 음식에 쓰일 만큼만 꽃을 모시고 온다. 탁발이 어디 일방적인 요구던가? 서로의 마음을 읽고 욕심 없이 주고받을 때 진정한 탁발이 이루어진다.

조심스레 가지를 어루만진다. 얼추 꽃을 따고 보니 빽빽하던 가지에 숨길이 열렸다. 바람이 드나들다 보면 아마 복숭아나무도 더 굵고 튼실한 열매를 맺을 것이다.

꽃이 담긴 소쿠리를 들고 다시 걷고 오른다. 등에서 촉촉한 땀이 느껴질 때까지 걷다가 보면 누가 일러 주지 않았는데도 나 스스로 자연이 된다. 바위를 오르며 바위를 안고 꽃을 따며 가지의 상처를 읽는다.

두 굽이 오르고 나니 산 아랫녘에서 보이지 않던 생강 꽃이 골마다 한창이다. 먼저 향기로 나를 이끄는 생강 꽃이 봄 숲을 환하게 밝히고 섰다. 생강나무 역시 그 자리 그대로다. 서로 약속을 주고받은 적 없지만, 따로 약속이나 한 듯 화사한 모습으로 나를 반긴다. 봄 숲에서 침침한 겨울 색을 제일 먼저 밀어내는 것이 생강 꽃이다. 화사한 노랑은 사람을 이유 없이 달뜨게 만든다.

긴 가지를 잡고 꽃을 딴다. 가지가 흔들릴 때마다 어찌나 향이 좋은지 마른 갈잎 위에 서 있는 다리가 사정없이 후들거린다. 잠시 가지에 매달려 꽃을 탐했을 뿐인데 그새 해가 하늘의 반을 지났다. 산속 시간은 산 밖 시간과 전혀 다르다. 잠깐이라 여긴 시간이 한나절일 때가 허다하다. 턱없이 자연에 욕심을 부리다가는 꼴딱 해를 놓칠 수도 있다. 물김치 담글 잔가지와 생강 꽃을 적당히 소쿠리에 담고 산에서 내려온다.

올라갈 때 보이지 않던 머위가 으름덩굴 아래 소복하다. 둥그런 공 모양으로 솟아오른 꽃은 씨방을 가득 품고 있다. 아직은 솜털이 뽀송뽀송한 머위를 나는 눈으로만 즐기며 내려온다. 다음을 기약해도 될 만큼 아직은 어리기 때문이다.

해거름에 집에 와 마루에 꽃을 쏟아 놓고 받침을 따고 수술을 자른다. 한참 꽃의 모가지를 따고 보니 죽어 좋은 곳 가기는 틀린 것 같다는 생각이 든다. 하지만 피고 나면 지는 것이 꽃 아니던가? 무심히 사라질 순간을 잠시 우리 곁에 잡아 두는 거라 여기며 얌전해진 꽃을 솥에 넣고 살살 매만진다.

잠시 풀이 죽는가 싶더니 화사함도 덩달아 사라진다. 싱싱한 바람 속에서 흔들릴 때의 모습과는 사뭇 다르지만 만지면 만질수록 또 다른 색이 돋아난다. 몸 안의 수분을 날리며 서서히 자리 잡는 색은 이전 모습과 확연히 다르다. 생물일 때의 활기는 찾을 수 없지만 가벼워지며 차분해진 모습에 잠시 고요가 깃든다.

덖고 다시 말리며 토닥토닥 잠까지 재우고 나니 이산 저산 다니며 탁발한 꽃이 유리병에 조금 쌓였다. 이 꽃을 언제 어느 곳에 쓸지 나도 알 수 없다. 계절별로 준비한 여러 재료와 은연중에 궁합이 맞는 음식을 만나면 그때 비로소 새로운 인연이 피어날 것이다. 음식과 꽃이 어우러져 생각지도 못했던 기특한 맛이 생긴다면 이것으로 나의 소임은 다한 것이다.

생강 꽃 몇 송이 유리 다관茶罐에 넣고 더운물을 부어 우린다. 알싸한 향과 함께 돌돌 말렸던 꽃잎이 활짝 풀어지며 기지개를 켠다. 노랗게 우려진 꽃차 한잔 마시고 나니 봄 산을 오르내린 내 몸도 덩달아 낙낙해진다. 봄 개울에 꽃잎 져 내리듯이.

숭어

　막막한 안갯속에 방을 나선다. 잠시 잠을 물리니 선물 같은 새벽이 눈앞에 있다. 풋풋한 잡초를 가르며 뒷산을 오른다. 무겁게 감겨오는 젖은 풀. 아닌 듯 스윽 발목을 잡아채는 솜씨가 제법이다. 젖은 구애에 발목뿐 아니라 마음마저 촉촉이 젖는 새벽이다.

　끝물 찻잎을 딴다. 똑똑 모가지 부러지는 소리가 손끝을 울린다. 더러는 희나리 지고 더러는 억세졌다. 사월에 하동으로 왔어야 하는데 시절이 한참 늦었다. 찻잎이 도타워진 것은 오월이 가고 유월이 왔다는 증거다. 딱 두 잎, 하늘을 향해 치닫고 있는 여린 잎만 골라 딴다. 안개 자욱한 허공을 향해 나아가던 어린잎이 금방 내 손에 와 눕는다. 초록이기 전의 연두가 한없이 보드랍다. 손바닥에 감기는 찻잎이 손을 지나 온몸으로 스민다. 고요하던 몸속이 잠시 출렁거린다.

차나무 뒤로 모싯잎이 너른 몸을 뒤집으며 안개를 밀어낸다. 안개를 몰고 다니는 바람 속에 언뜻 보리 익는 냄새 가득하다. 유월 산 기운을 얼마나 받아먹었는지 모싯잎 짙푸르다. 잠깐 사이에 차와 모시가 봉투 가득하다. 무심히 봉투 안을 들여다보니 욕심이 과하다 싶다. 무심결에 부린 과욕이 부끄러워 얼른 봉투를 말아 쥐고 산에서 내려온다.

그새 마당에는 안개를 밀어내고 아침 해 눈부시다. 문학관 마당에서 멀리 악양뜰을 내려다보니 천지가 황금빛이다. 밥 익는 냄새, 잘 익은 물김치, 누마루에 앉아 아침 요기를 한다. 찹찹 혀에 감기는 밥알이 기름지다.

한옥 처마 밑으로 해가 떠오른다. 익은 보리밭 사이를 지나 십리 백사장으로 간다. 가는 길 드문드문 이른 못자리 속에 산이 들어앉았다. 자잘한 바람이 산을 흔든다. 차밭 건너 대숲을 지나 섬진강으로 내려간다. 어둑한 대숲에서 일행이 툭툭 댓가지를 자른다. 길게 잘라 옆구리에 끼고 앞서 백사장으로 간다. 나는 한참 동그란 대숲 안 그늘 속에서 멀리 보이는 백사장을 실눈 뜨고 내다본다. 내가 선 곳의 그늘과 숲 밖의 밝음이 묘한 기운으로 충돌하는 순간을.

앞서 간 일행 따라 나도 돗자리를 들고 백사장으로 들어선다.

발가락 사이로 밀려 올라오는 모래의 감촉이 어찌나 감미로운지 자꾸만 웃음이 난다. 혼자 키득거리며 멀리 섬진강 안으로 걸어 들어간다. 앞서 간 일행이 대나무를 모래 위에 꽂고 낚시를 걸었다. 청죽靑竹에 걸린 낚시가 위태롭다. 팽팽한 줄이 물속에 잠긴 산을 가로질러 강 깊이 숨었다.

힘차게 뻗어 온 산과 부드러운 강이 만나 몸을 섞는 지점은 아득하고 멀다. 일행은 낚시로부터 멀지 않은 곳에 앉아 무릎을 세워 긴 팔을 걸치고 숭어를 기다린다. 보리누름에 눈에 백태를 두르고 나타나는 숭어라니 가슴 설레지 않는가? 나는 팽팽한 긴장감으로 수면을 바라본다. 청죽에 걸쳐진 낚싯대와 일행의 무릎에 걸쳐진 팔이 묘하게 교차하며 잠시 백사장에 고요가 깃든다.

일행은 낚시를 드리우고 찌를 바라보는 재미보다 낚시는 저홀로 두고 백사장에 비스듬히 누워 소설 읽는 재미가 더 쏠쏠하다 말한다.

하지만 나는 숭어를 알현할 기회가 오늘뿐이니 그런 풍류보다는 숭어를 간절히 만나고 싶다. 기다리는 일은 기어코 오리라는 짐작 위에서 굳건하다. 나는 돗자리 위에서 청죽 가지를 따 모으며 숭어를 기다린다. 몇 번의 바람이 지나갔는지 목덜미에 볕이 따갑고 보리 익는 냄새 구수하다. 잠시 물속에 든 산 그림자에 홀려 있다 보니 숭어 한 마리 백사장으로 소풍 나왔다.

다급하게 숭어와 눈 맞추며 사진 한 장 남기는 사이 잡은 손이 다시 숭어를 물속으로 풍덩 돌려보낸다. 두서너 번 몸을 뒤척이며 비늘로 잘게 햇살을 부수더니 숭어 가뭇없이 사라진다. 순간의 일이다. 일행 왈 방생이란다. 자연의 선순환이란다. 참으로 옳은 말이다.

말은 멋있고 폼은 각이 선다. 그런데 나는 왜 자꾸 아쉬움이 남는지 숭어가 사라진 강을 오래 바라본다. 손맛만 보고 말자는 이야기다. 미끼 없는 빈 낚시를 드리우고 세월을 낚는 강태공처럼 그저 즐기자는 말이다. 아! 그런데 즐겨야 마땅할 순간에 나는 왜 속물처럼 숭어 요리가 빛의 속도로 머리를 훑고 지나가는지 많이도 말고 딱 한 마리만 내게 주면 여우 둔갑술을 부려 볼 텐데. 검은 욕심이 태풍처럼 휩쓸고 지나가는 동안 꼼짝없이 숭어 생각에 사로잡혀 나는 머리로 회를 뜨고, 튀김을 하고, 매운 탕을 끓인다. 일행은 숭어를 생명으로 여기지만 나는 충실히 식재료로 보는 중이다.

머리로는 이게 아닌데 싶다가도 맹목의 가슴이 먼저 열리고 욕심이 이끄는 대로 마음이 빨려 들어간다. "보리 숭어 한 마리 보쌈 해 가면 안 될까요?" 이 말이 입술까지 올라온다. 탐심이 나쁜 줄 번연히 알면서도 오늘은 건강한 욕심이 앞선다. 일행은 부지런히 낚싯대를 말아 올리며 숭어를 잡았다 놓아주며 풍류

를 즐기고 나는 먼발치에 앉아 그 풍경을 바라보며 숭어를 요리
한다.

머릿속에서 도마질 소리 요란하다. 비늘을 치고 뼈를 발라낸
다. 포를 뜬 살로 꽃잎 같은 회도 한 접시 썰어내고 방아잎 잘게
다져 넣고 칼칼하니 매운탕도 끓여낸다.

동상이몽同床異夢이다.

풍경 하나를 두고 하늘과 땅 같은 생각이 서로 엉킨다. 똑똑
청죽 잎을 따내며 백사장에 앉아있는 엉큼한 내 속내를 아무도
모를 줄 알았더니 아뿔싸! 그새 들켰다. 불어오는 바람에 놀라
뒤돌아보니 등 뒤에서 지리산 빙그레 웃고 섰다. 말하지 않아도
다 알고 있다는 듯이.

환생

큰 길이 휑하다. 단풍나무에 벌레가 많아 읍에 나가 분무기 하나 사 오는 사이, 일어난 일이다. 귀밑머리를 돌려 깎은 아이처럼 길이 단정해 보이기는 하는데 이상하게도 눈은 허전하다. 이게 무슨 일인가 하고 창밖으로 목을 빼 내다보니 쓰러진 풀 더미 사이에 붉은 접시꽃 머리를 박고 누워있다. 오뉴월 태양 아래서도 늠름한 꽃이었는데 이 무슨 변고란 말인가.

장렬히 누운 접시꽃 사이로 비릿한 풋내가 내 코끝을 잡는다. 무시로 눈앞에서 환하게 제 몸을 열어 나를 열락의 풍경 속으로 안내하던 꽃이 어쩌다 이 지경이 되었는지. 여름내 울 밑에서 눈을 홀리던 접시꽃은 길 어디에도 없다. 집 앞 작은 수로에 밑둥치가 사정없이 잘려나가 누워 있는 꽃은 제 몸이 명을 다했는지도 모르고 맥없이 붉다.

집 가까이 오니 예취기 소리 요란하다. 예취기는 이미 집 앞을 지나 저수지 쪽으로 올라가고 있고 그 뒤를 이어 아저씨 한 분이 풀을 모으며 따라가고 있다. 좀 전까지 붉게 펴 있던 꽃이 잡초 더미에 섞여 갈고리에 머리채를 잡혀 끌려가고 있다. 내 아이가 누군가에게 끌려가듯 저 꽃을 어떡하지 하는 마음에 차에서 내려 마구 뛰었다.

멀리 저수지 위로 줄지어 선 접시꽃이 요란한 예취기 소리에 한순간 쓰러진다. 휘청거리다가 잘려나가는 꽃을 보고 있자니 얼마나 화가 나는지.

흔한 한해살이 꽃이지만 값비싼 정원수보다 나는 더 귀하게 가꾸었다. 여름내 정을 주고 물을 주며 그간 울 밑에 핀 뭇 꽃과 마음 나눈 것이 얼만데 저리 속절없이 베어 버리는지 야속한 마음에 볼멘소리가 저절로 터져 나온다.

"아저씨 풀만 따로 베지 이 무슨 일입니까?"

잔뜩 치밀어 오르는 부화를 누르며 예취기 소리보다 더 크게 고함을 질러 보지만 아저씨는 아랑곳하지 않고 쓱쓱 풀의 모가지를 쳐낸다.

"풀만 골라 일하면 날밤 새워야 하는데 이 많은 일을 언제 다 합니까?"

"그래도 그렇지 이 멀쩡한 꽃을."

"걱정하지 마시오. 내년이면 또 다 올라옵니다."

면사무소에서 일 년에 두 번 있는 풀베기 사업이란다. 관에서 하는 일이니 뭐라 말할 수는 없지만, 영문도 모르고 잘려나간 꽃을 보니 슬그머니 화가 치민다.

벌써 해는 하늘의 반을 지나 비슬산 쪽으로 기울었다. 헐티재 아래까지 풀을 베려면 아직 한참이나 남았다. 해는 기울고 아저씨 마음이 조급증이 날만도 하다. 농사일하다가 잠시 접고 풀 베러 나왔을 텐데 이것저것 꽃의 형편을 살필 겨를이 어디 있겠는가?

집에 들어와 빈 소쿠리를 들고 다시 길로 나선다. 아무리 생각해도 그냥 꽃을 보낼 수는 없다. 쓰러진 꽃을 줍는다. 아직 꽃의 온기가 채 가시지도 않고 펄떡이는 것 같다. 다급하게 닥친 일이라 얼마나 놀랐을까. 나는 혼잣말로 괜찮아, 괜찮아 중얼거리며 꽃을 모은다.

엎드려 열심히 꽃을 줍고 있는 나에게 아저씨 한 말씀 하신다.

"뭐 할라고 그라요. 내년 봄이면 또 필 것인디."

맞다. 가면 오고 오면 또 간다. 이 뻔한 이치를 잘 알면서도 나는 가는 꽃이 아쉬우니 어쩌란 말인가. 내 눈에 꽃인 것이 그들 눈에는 온전한 일거리다.

꽃차를 만드느라 멀쩡한 꽃을 꺾으면 늘 미안한 마음이 앞섰다. 그런데 오늘은 양심의 아우성 없이 양껏 소쿠리에 꽃을 담는다.

덖음 솥에 불을 올려두고 접시꽃 수술을 딴다. 세필처럼 노란 수술이 한없이 부드럽다. 손에 화분이 묻어나고 수술을 따낸 꽃은 금방 단정해진다. 수술을 잘라낸 꽃을 서서히 저온에서부터 덖음을 시작한다. 손바닥을 펼쳐 온기가 느껴질 만큼 따뜻해지면 덖음 솥에 광목을 깔고 잎이 상하지 않게 대나무 집게로 달래듯이 매만진다. 한 장씩 꽃잎을 펼치고 다시 모양을 잡는다. 한참을 따뜻한 솥에서 뒤척이고 나면 도톰하던 꽃잎이 투명하게 맑아지며 얼추 가벼워진다.

그럼 잠시 한숨 돌린 후에 고온 덖음에 들어간다. 혹 붙은 꽃잎이 있으면 조심스레 떼 주고 손에서 바람 소리가 날 정도로 한 바퀴 휘몰아친 다음 잠재우기에 들어간다.

마지막 남은 한 점의 수분마저도 다 날리고 나면 꽃은 금방이라도 날아오를 듯 가벼워진다.

잠재우기를 끝내고 작은 유리병에 담아 나무 선반에 올려 갈무리한다. 유리병 너머 투명한 꽃잎의 속살이 혈관처럼 복잡하다. 그 모습을 한참 들여다보고 있으니 참으로 곱다.

빈 유리 다관에 접시꽃 한 송이 넣고 더운물을 붓는다. 마르며 쪼그라든 꽃잎이 천천히 결가부좌를 풀며 물을 머금는다. 제 몸에 깃든 한여름의 태양을 한꺼번에 토해내며 찻물이 점점 붉어진다. 명을 다한 줄 알았던 접시꽃, 유리 다관에서 홀연 또 다른 모습으로 환생한다. 그 모습이 뜰에 서 있을 때보다 더 처연하게 붉다. 마시는 일을 잠시 미루고 황홀한 붉은색을 홀로 탐한다.

꽃을 꽃이라 여기지 않는 그들을 어찌 탓하랴. 풀 벤 돈으로 식구들을 간수해야 하고 오늘 하루도 일을 무사히 끝내야 밥이 생기는 것을.

온 것은 기어이 간다. 가야 다시 온다는 이치를 잠시 잊고 종일 애만 태웠나 보다. 식기 전에 붉은 차 한 모금 마신다. 꽃의 몸내가 입 안 가득 향기롭다. 여름이 갔으니 저만치 가을이 오려나 보다.

달하*

　가조에 닿으니 보해산 능선에 달이 환하다. 단대목 일을 미처 갈무리하지도 못하고 나선 길이다. 달도 좋고 술이 잘 익었다는 전갈에 앞뒤 살필 겨를도 없이 보따리를 쌌다. 가는 길이 초행이고 어둡다 보니 가는 내내 눈 뜬 장님 신세다. 어쩔 도리 없이 차는 산책하듯 천천히 달린다. 급할 것이 하나도 없기 때문이다.

　다들 코에 단내 나는 단대목을 보내고 모여 쉬자는 의미인지라 나 또한 마음이 느긋하다. 먼저 당도한 이는 이미 술잔을 기울이고 있을 것이고 나는 달빛이나 실컷 받아먹고 갈 요량으로 짐짓 게으름 피우며 용산 들판을 거슬러 올랐다. 따로 시간 정한 적 없으니 닿는 시간이 약속 시각이요, 보는 순간이 만남이다.

　너른 들에 나락 누렇게 익어가고 길가 코스모스가 달빛에 흠

빽 젖었다. 차창 밖 어둠을 오래 내다보니 헐렁한 어둠을 헤치고 환하게 다가오는 풍경이 있다. 낮은 산등성이, 검게 엎드린 동네, 빈들에 세워둔 깻단, 잎 진 콩밭, 적당한 어둠과 푸른 달빛에 버무려진 풍경이 내 손을 잡고 반갑게 인사를 건넨다. 일에 눌려 둔감해진 나의 오감이 일제히 날개를 펴고 달빛 쏟아지는 들판으로 날아간다. 말릴 새도 없이 그렇게.

달빛에 취해 있다가 마을 어귀에서 잠시 길을 잃었다. 용산 다리에서 어정거리는데 바로 쭉 올라오라 연락이 온다. 살필 것 없이 산 쪽으로 오른다. 흔들흔들 달도 따라온다. 멀리 개울 건너 스승님 달빛 아래 마중 나와 계신다. 물소리뿐인 산중에 스승이 부르는 소리는 천둥소리만큼 크게 들린다.

풍류정 마당에 몸을 내리니 여섯 시부터 술잔을 기울인 정인들이 마당에 나와 나를 반긴다. 서로 안고 손을 잡는데 오양주에 익은 볼이 이미 불콰하다. 달달한 사람 훈기가 피로한 내 어깨를 감싼다. 일순 굳었던 어깨가 더운 손길에 말랑해진다. 따뜻한 기운이 찬 기운을 데우는 순간이다.

손을 잡고 무르익은 술상 앞에 앉으니 영덕에서 올라온 생새우가 접시에 가지런히 누워있고 산야초로 만든 장아찌가 접시에 소복하다. 문어숙회와 깨를 갈아 만든 우엉 샐러드가 '달하'와 어깨동무를 하고 상위에 놓여있다.

흰 잔에 '달하' 한잔 받는다. 노르스름한 색깔부터 눈길을 끈다. 입으로 가져가니 혀에 닿기 전에 이미 코를 점령한다. 과일도 아닌 것이 향긋한 과일 향이 난다. 천천히 한 모금 넘긴다. 몸에 어느 신경 하나 건드리지 않고 바로 심장으로 침투한다. 그 시간은 눈 깜짝할 새다. 두 번째 잔을 비우니 심장에서부터 슬슬 번지는 훈기가 귓불을 달군다.

기분 좋은 두근거림이 한동안 지속된다. 몸 안의 정체된 기운이 일순 날아가고 침침하던 눈이 환해진다. 심장에서부터 가장 먼 발끝이 먼저 따뜻해져 온다. 발에서부터 무릎을 치고 올라오는 따뜻함이 온몸을 녹인다. 입안에 박하 향 번지듯 아주 천천히 급하지 않게 달아오르는 열기는 가히 명품이다.

화학주를 먹었을 때의 느낌과는 사뭇 다르다. 나는 술을 잘 못먹는 터라 술의 쓴맛이 늘 거슬린다. 혀와 목에서 걸리고 달아오르는 느낌이 경박하고 급해서 못 먹는 술 한 잔 먹고 나면 남 보기 민망스러울 정도로 온몸이 붉다.

그런데 '달하'는 전혀 그렇지 않다. 우리 곡식으로 빚은 우리 술이라서 그런지 들뜨지 않고 음전하다. 마시는 이를 공략하는 품새도 제법 품격 있고 여유롭다. 슬슬 달아올랐다가 한순간 식히기도 하고 다시 달아오른다. 새로운 경험이다. 기운의 높낮이가 우리 가락을 닮았다. 쭉 뽑았다가 한순간에 뚝 떨어지는 판소리처럼. 그래서 그런지 깔끔하게 똑 떨어지는 맛 안에는 숙취라고는 찾아볼 수 없다. 이것이 '달하'의 매력이다.

'달하'는 오양주다. 나도 술을 배워 빚어보지만 오양주 빚기가 어디 그리 쉽던가? 세상 모든 음식의 가장 상위개념에 술과 초가 있다. 다른 음식은 배우고 익히면 어느 정도 만들 수 있지만, 술과 초는 주신酒神과 초신醋神이 몸에 실리지 않고는 어렵다고 본다.

기본 쌀가루로 밑술을 담고 세 차례나 덧술을 해 붓는 동안 단한 치의 오차도 없이 발효가 이루어져야 제대로 된 술을 만날 수있다. 술 담는 사람의 숨소리, 발자국 하나까지도 다 술독 안으로 스며든다고 보면 옳다. 담는 것은 인간의 손에서 이루어지지만 그다음 독 안에서 이루어지는 미생물들의 활동은 귀신도 모르는 영역이다. 그런 발효의 세계를 아주 예민한 촉수로 읽어 낼수 있는 사람만이 제대로 된 술을 빚을 수 있다. 그러기에 술 빚는 사람은 신기神技가 있어야 한다. 독에서 살아 움직이는 미생물과 교감 후 그들의 상태를 잘 읽고 합일을 이루어야 명품 술이 탄생하기 때문이다. 그래서 술은 배워서 되는 것이 아니라 몸으로 체득해야 하는 분야다. 술을 헤아릴 줄 모르고 어찌 술을 빚을 수 있다는 말인가?

술은 빚는 사람을 닮는다. 술맛을 보면 술 담은 사람의 성정도 어느 정도 느껴진다. 술과 사람이 둘이 아니라는 말이다. 술은 또 항시 살아 움직인다. 생물이라는 뜻이다. 조금만 발효를 늦춰도 술이 시어지고 일러도 누룩 냄새가 난다. 익어 적당히 혀에 감기는 그 지점을 찾고 더는 발효되지 않게 갈무리하는 것이 전통주를 잘 담는 비법이라고 본다.

'달하'를 빚는 풍류정 안주인은 소탈하기 그지없다. 처음 보는 사람도 털털한 말재주로 금방 친구로 만들어 버린다. 덧대지 않고 있는 그대로의 모습을 보여주고 느낀 바대로 말하는 사람이다. 그러다 보니 '달하'도 주인을 닮아서인지 맑고 깨끗하다.

아! 맑은 술 한잔과 그리운 이, 그리고 달빛까지 곁들이니 이만하면 넉넉하지 않은가? 주거니 받거니 술잔이 오가는 사이 나는 잠시 마당으로 나선다. 달은 이미 서쪽으로 기울고 보해산 능선이 깊어졌다. 머리 위로 쏟아지는 달빛을 바라보며 나는 혼자 중얼거려 본다.

"달하 노피곰 도드샤"

* 달하 - 경남 거창에서 빚는 우리 전통 오양주 이름

눕는다

저만치 지슬할매 걸어가신다. 양파 밭을 지나 기와집 골목으로 타박타박. 평소와 달리 통 기운이 없어 뵌다. 뒷짐 진 손에는 마을회관에서 어버이날이라고 받은 비닐봉지가 굵은 손마디에 칭칭 감겨 있다. 행여 떨어뜨릴라 야무지게 쥐고 봄볕을 가르며 집으로 간다.

투명한 비닐 속에는 쑥 절편, 둥그런 팥빵, 달달한 요구르트가 담겨 굽은 할머니 허리 뒤에서 좌우로 흔들리고 있다. 훤히 내비치는 비닐 속처럼 등 돌리고 걸어가는 지슬할매의 쓸쓸한 마음이 말하지 않아도 이만치에 있는 내 눈에는 다 보인다. 이심 아니면 전심이다.

자식들이 제비 새끼처럼 집을 찾은 할머니들이야 손자 꽃 쳐다보느라 경로당엔들 나왔을까? 그저 아무도 찾지 않아 빈 둥지가 서글픈 할머니들이나 오늘 같은 날 마을회관에 나왔을 것이다.

강냉이 수염처럼 가는 머리를 뱅뱅 틀어 올리고 여태 비녀를 고집하는 지슬할매는 반쯤 흘러내린 귀밑머리를 쓸어 올리며 골목으로 접어든다. 비녀 아래 똬리 튼 머리카락은 은회색이다. 날씨에 어울리지 않는 두툼한 자주 고쟁이에 위에는 푸른 적삼을 입었다. 적삼 색깔은 봄인데 고쟁이나 신발은 아직 겨울이다.

대처에 나간 자식은 눈앞에 제 밥숟가락 걱정에 노모를 잊기 일쑤다. 언제 어느 때라도 고향을 찾으면 날 반기리라는 마음 때문에 부모는 늘 급한 일 다음으로 밀려난다. 기와집 골목을 돌아서더니 총총 지슬할매 사라져 간다.

올해부터 나는 어버이날이 되어도 갈 곳이 없어졌다. 지난해 어머니를 잃고 생사구분이 잘 안 된 상태로 일 년을 보냈다. 그런데 오늘에서야 갈 곳이 없어지니 비로소 어머니가 돌아가셨나 보다 여겨진다. 더는 공경할 대상이 사라지면 그때부터 어른이 된다는 말을 요즘 나는 자주 곱씹는다.

효소를 거르다 말고 잠시 마루에 앉는다. 채반에 효소 건더기를 겹겹이 쌓아 놓고 그 물이 다 빠지기를 기다린다. 쳇다리 사이로 똑똑 효소 떨어지는 소리가 귓전을 울린다. 일정한 간격의 그 소리를 듣고 있자니 물이 새는 지슬할매 부엌이 생각나고 연이어 수세미가 떠오른다. 나달나달 떨어져 밥풀이 몇 개 낀 낡은 수세미.

벌떡 일어나 생필품 찬장을 연다. 시골 살며 생긴 버릇 중의 하나가 물건을 쟁여 놓고 쓰는 것이다. 비누며 치약, 세제와 수세미를 시장바구니에 담는다.

기와집 골목을 다 돌아 할머니 집 앞에 왔는데도 기척이 없다. 생 막걸리도 한 병 챙겨 왔더니 무겁다. 봄볕만 가득한 툇마루에 시장바구니를 두고 다시 뒤란으로 가본다. 빈 맷돌 위에 감나무 그림자만 어룽댈 뿐 거기에도 지슬할매는 없다.

다시 바구니를 들고 골목을 나와 서원 앞 양파 밭으로 가니 양파 이랑 사이에 쪼그라진 모과처럼 지슬할매 엎드려 있다. 잡초를 뽑아 등 뒤로 휘익 던지는 솜씨가 아직은 젊은 사람 못지않다.

"아이고 별난 거라, 오늘 같은 날은 시원한 툇마루에서 푹 좀 쉬어야제. 죽자 살자 일만해서 뭐할라요." 소리치니 너 올 줄 알았다는 모습으로 환하게 웃으신다.

종종걸음으로 이랑을 따라 할머니 등 뒤에 서니 내 긴 그림자가 할머니 등을 덮는다.

"그래, 그러고 잠시 있어라. 그것도 그늘이라고 시원타."

겨우내 비닐에 쌓인 양파 모종을 아기 돌보듯 하시더니 봄날 내내 그 푸른 기세가 창창하기 그지없었다. 지슬할매 손길을 먹고 자란 양파는 하늘을 찌를 듯이 푸른 잎을 쏘아 올리더니 오월이 되자 어느새 하나 둘 옆으로 눕기 시작했다.

잎이 창창할 때는 양파가 땅에 제 몸을 숨기고 있더니 위 대궁이 쓰러지고 나니 하얀 속살을 땅 위로 쑥 밀어 올린다. 동그란 몸이 반은 땅 위로 반은 흙에 묻혀 있다. 볕에 드러난 통통한 양파 속살이 혼자 보기에 아깝다.

"양파 대궁은 물이 부족해서 그렇습니꺼 와 이래 땅에 누웠어예."

"대궁 안에 힘을 뿌리로 다 쏟았으니 저도 기진해서 누웠나보다. 저래 팍팍 자빠지면 양파가 알이 다 찼다는 증거다."

절묘한 자연의 이치를 들으며 들판을 둘러보니 참 희한하게도 양파 밭, 반 이상이 이미 쓰러져 누웠다. 간간이 꼿꼿하게 선 양파가 더러 보이기는 해도 들판 전체가 누운 양파다.

"저기 꼿꼿이 선 양파는 아직 알이 덜 찼나보네예."

"씨 매달고 폼 잡고 서 있는 것은 다 수 양파다. 곧 죽어도 저는 수놈이라고 저래 고고 창창 견디는 거라. 모양새도 길쭉한 것이 암팡진 암놈만은 못하제."

목축이고 일하라는 채근에 못 이겨 지슬할매 논두렁으로 나오신다. 엉덩이로 지그시 누르고 앉은 풀이 할머니 고쟁이에 풀물을 들였다. 생 막걸리 한잔 그릇에 붓는다. 밭 매며 목이 말랐던지 술잔을 받는 와중에 벌써 마른 입맛을 훔치신다. 단번에 쭉 마시고 다시 내민 빈 그릇에 봄볕이 소복하다. 안주 없이 한잔을 더 비우고 나서야 그릇을 내려놓으신다.

짭짤한 열무 한 젓가락 입에 넣고 씹는 동안 눈길은 멀리 서원 뒷산에 가 있다. 옴폭 패인 할머니 볼이 오래 열무를 씹는다.

"얼추 나도 할 일 다 했으니 선산에 가서 누워야제. 눕는 날이 잔칫날이여."

눕는 일이야말로 할머니께 남은 마지막 중한 일인양 말씀하신다. 이제 다 떠나고 할머니 곁에 남은 것이라고는 텃밭과 선산뿐이다. 밭과 산을 어루만지며 내 누울 자리를 살피는 것이 지슬할매의 남은 일거리로 보인다.

"죽으면 썩어질 몸 살았으니 부지런히 움직여야제."

할머니 엉덩이를 털고 일어선다. 그 옆 살구나무 아래 오리들 식솔을 데리고 나와 볕을 쬐고 있다. 해가 한나절이나 지났으니 놀 만큼 놀았나 보다. 고개를 외로 꼬고 조는 놈도 있고 털 고르기에 바쁜 녀석도 있다. 서로 몸 비비며 누운 모습이 편안해 보인다. 그런데 할매 호미로 오리를 쫓는다. 잠깐의 평화가 깨어지며 우르르 개울로 몰려간다. 막걸리 병들고 양파 이랑을 따라 지슬할매 밭 매러 가신다. 그 뒤를 겹겹이 누운 양파가 든든하게 호위護衛하고 있다.

말하지 않고 말하기

시골집에 올라가니 장미 두 그루가 댕강 목이 잘려져 있다. 이제 막 무성해져 꽃망울을 맺었는데 이 무슨 날벼락인지. 휑해진 담장이 기가 막혀 한참을 그러고 섰다가 담장 밖에 나가보니 세상에 매정하게도 베어 놓고 뿌리에 약까지 부어 놓았다. 이 무슨 가당찮은 살심殺心이란 말인가. 먼저 주인이 담장 안팎으로 덩굴장미를 둘레둘레 심어 놓아 오월 한철은 늘 눈 호강한다. 그런데 왼쪽 담장이 휑해진 걸 보니 할 말이 없다. 분명 뒷밭 주인의 소행이다. 긴 덩굴장미 가지를 톡톡 분질러 수북이 쌓아 놓고 그는 온데간데없다. 도시에 있다가 주말에만 시골에 올라오니 내가 없는 주중에는 무슨 일이 일어나는지 도통 알 길이 없다. 바로 담장 아래 있지만 자기네 땅에 있다 하여 그리 한 모양이다.

그래도 그렇지. 본디 말 못하는 식물도 살아있는 생명일진데 어찌 저리 모질게 생명을 다루었는지 자꾸만 부아가 치민다. 곡절 없이 저런 엄청난 일을 저지르지는 않았을 터이고 필시 무슨 연유가 있어 베었을 것인데 저 무성한 생명을 어찌할 건지 내게 상의라도 한번 해야 옳지 않았는가. 그랬으면 내가 장미를 집안으로 옮기든지 무슨 수를 썼을 것인데 참 야속한 이웃이다.

어디 담장에 꽃을 나만 보던가. 나야 주말 잠시 올라가 볼 뿐이고 정작 길 가는 뭇 사람이 더 눈 호강할 것인데 그렇게 잠시라도 사람들의 마음을 환히 밝혀주면 그 또한 복 짓는 일인 것을 그는 미처 생각지 못한 모양이다.

옥상에 올라가 방수 공사를 마치고 내려와 하동에서 가지고 온 옻나무로 장을 뜬다. 단지를 소독하고 장을 걸러 다시 된장을 독에 눌러 담으면서도 마음은 내내 찜찜하다. 낫살 든 분을 면전에서 뭐라 할 수도 없고 그렇다고 가만있자니 속이 내 속이 아니다. 꽃 사랑도 지나치면 밉보인다더니 여기저기 꽃모종을 구해 가꿔 놓은 울안의 꽃밭이 그의 눈에는 그다지 탐탁찮아 보인 모양이다. 말 못하는 꽃이 무슨 죄가 있다고 절단을 내놓았는지 통 알 길이 없다. 농사짓는 입장에서는 자라 열매 맺지 못하는 것은 다 쓸모없는 것이라 여기는 모양이다. 장미를 걷어낸 자리에 호박 모종이 자리 잡았다. 일하며 담장을 한나절 바라보니 도저히 아쉬워 견딜 수가 없다. 달력을 보니 장날이라 주섬주섬 옷을 입고 장에 나가 본다.

봄날은 짧아서 황홀하고 황홀하니 훅 간다. 총총 푸성귀를 두고 앉아 있던 할머니의 난전이 새로운 장거리로 가득하다. 벌써 봄은 어지간히 가고 곧 여름이라는 증거다. 열흘 붉은 꽃이 어디 있으랴 명命 다하고 시절가면 그 또한 질 터인데 인연 다해 떠난 꽃을 아쉬워하느니 새로 정 붙일 꽃을 찾아야겠다. 골목 두 개를 지나 묘목시장으로 가니 봄이라 그런지 꽃구경하는 이가 적지 않다. 장미 묘목 앞에서 이리저리 색을 탐한다. 잘려나간 장미는 진자주인데 촌스럽게 분홍에 자꾸 눈이 간다. 분홍은 이상하게도 눈보다 마음을 먼저 흔든다. 붉고 격정적인 빨강보다는 있는 듯 없는 듯 그렇게 묘목 사이에 있는 분홍 두 그루를 집으로 모시고 왔다.

오는 길에 사온 막걸리 두 병을 파 놓은 구덩이에 붓는다. 흙 비린내를 타고 술 향 가득하다. 얼추 흙이 술을 마시고 난 뒤 장미 뿌리를 얌전히 앉히고 솔솔 마른 흙을 뿌려 준다. 굳건히 뿌리 내리라고 꼭꼭 밟아 주기도 한다. 긴 가지 하나를 장미가 사라진 담장에 걸치고 다시 철사로 묶어 장미가 뻗어 나갈 길을 열어 준다. 땅 냄새를 제대로 맡아야 잘 살음 하니까 묻고 두들겨 정성을 다한다. 이렇게 장미 두 그루를 집으로 들이고도 아쉽고 허전한 마음은 숙지지 않는다.

단언컨대 생심生心으로 살아도 다 못살아내는 인생 아니던가. 나야 잠시 꽃 보는 호사를 내려놓으면 그만이지만 살심을 똬리처럼 가슴에 품고 살 그분이 못내 안타깝다. 담 넘어 큰소리 오가지 않고 서로의 마음을 전할 길이 없나 궁리하다가 마당에 돌 몇 개를 주워와 그림을 그린다. 천에 그리던 물감으로 천천히 내 마음을 그린다. 우선 서로 웃고 살자고 환하게 웃는 말 한 마리 그리고 뒤이어 동그란 눈을 가진 부엉이 한 마리도 함께 그린다. 다 그려 놓고 보니 피식 웃음이 난다. 종일 담장을 쳐다볼 때마다 허전하고 아쉽던 마음이 사라지고 기분 전환용으로 효과만점이다. 우선 맺혔던 내 마음이 풀리고 나니 그깟 일 싶다.

나이가 드니 화나고 속상한 일도 뭐 놀이로 슬슬 풀길 없나 둘러보게 된다. 마음보다 울컥 먼저 행동하던 지난날과는 참 많이 변했다. 행동이 앞서 낭패 본 경험이 있던 터라 마음이란 물건에 휘둘리지 않으려 이제는 몸을 사리는지도 모른다. 젊어 승하던 기운이 잦아지고 언제부터인가 두루두루 라는 단어를 사랑하게 됐다. 먼저 가는 마음을 앞질러가기보다는 이제는 마음 고삐를 느슨히 잡고 천천히 뒤따라간다. 그러다보니 마음 아플 일도 다칠 일도 크게 없어졌다. 이미 장미는 돌아 올 수 없는 강을 건넜고 그분께 강짜를 놓거나 패악을 부린다하여 무엇이 달라지겠는가.

　그림 두 개를 장미가 사라진 담장에 올려 철사로 꽁꽁 묶는다. 내가 집에 없는 동안 빈 담장을 오갈 그분이 부디 마음 낙낙해져 뭉친 살심이 풀어지길 바라며 공들여 그림을 붙인다. 근심이 놀이가 되니 이 아니 복된가. 꽃이야 피면 그예 지지만 돌 그림은 사시장춘四時長春이라는 말처럼 내내 봄일 것이다.

까닭*

내가 이곳에 앉고 싶어 앉은 것이 아니다. 콩밭 논두렁도 있고 옆집 빈 공터도 있는데 하필이면 이런 위태로운 곳에 둥지를 틀고 싶었겠는가. 아마 늦은 봄날이지 싶다. 주인장이 살짝 썩어 물러진 내 어미를 거름으로 쓸 요량으로 배롱나무 아래 던지고 난 후 며칠 지나지 않아 꿈틀거리며 움을 틔운 것이 까닭이라면 까닭이다. 애초에 담장 위는 생각도 없었고 옆집 플라타너스 아래로 뻗어 갈 참이었다. 담만 살짝 넘으면 너른 곳이 있으니 그곳이 안성맞춤이다 싶었는데 감나무 가지가 길을 막는 바람에 잠시 길을 잃었다.

포도 덩굴도 제법 실 더듬이를 길게 뻗어 담장을 기어오르고 뒷산 솔밭에서 뻐꾸기는 바람 따라 얄밉게 울어 쌌더니만 그새 알 까러 갔는지 코빼기도 안 보인다. 대신 함초롬 비 맞은 산나리가 더덕 줄기 새로 그 뭐랄까 기막히게 고고한 자태로 제 발치에 있는 고추 모종 이야기를 내게 들려준다. 집 뒤 홍두깨산은 무섭도록 조용하고 간간이 개 짖는 소리 들리더니 어디 먼 산속에서 늦 고사리 올라오는 소리 은밀하게 들리기도 한다.

새벽부터 긴 챙 모자를 눌러 쓰고 산으로 갔던 주인장이 앞섶 긴 앞치마에 불룩 나물을 채우고 마당에 들어선다. 마당을 나설 때는 부스스하더니 산 기운을 얼마나 먹었는지 발걸음에 물이 올랐다. 해는 벌써 마당 반을 지났고 수련은 그새 열었던 꽃잎을 오므렸다. 잠시 마루로 가 앞치마를 벗어 놓고 수건으로 탁탁 먼지를 털어내고 수돗가로 온다.

감나무를 피해 마구 기어가고 있는 나를 물끄러미 바라보더니 마당에 던져 놓았던 곡괭이 자루로 내 몸을 걸어 올려 쇠로 된 담장 위에 걸쳐 놓는다. 감나무 때문에 잠시 길을 잃긴 했지만, 쇠 담장으로 올라갈 마음은 추호도 없었다. 살살 쇠 담장 사이로 기어나가 옆 공터로 자유롭게 뻗어 나갈 작정이었다. 좁은 마당보다는 넓고 환한 그곳이 나는 좋았다. 그런데 예정에도 없던 곳으로 내 몸 반이 척 걸쳐져 버렸으니 이 일을 어찌 할꼬.

허리를 비틀어 흔들어 봐도 몸은 이미 쇠 담장 사이에 끼여 요지부동이다. 마음먹은 대로 흘러가지 않는 것이 인생인 줄은 알

앉지만 이런 불상사가 생길 줄은 미처 몰랐다. 생각 없이 나를 담장으로 걷어 올린 주인장이 야속하기 그지없다.

엉거주춤 얼마나 그러고 있었을까? 담장을 타고 기어가다 우체통 앞에서 몸이 자꾸 근질거린다. 중간 마디 아래쪽이 근질거리는 걸 보니 아마도 꽃 피울 모양이다. 꽃 지고 난 자리에 며칠후 신비롭게도 열매가 맺혔다. 이렇게 위태로운 난간에서 생명을 키워야 한다니. 처음에는 왕 구슬만해서 대문과 우체통 사이에 그저 매달려 있을 때만 해도 견딜 만했다.

그런데 칠월의 뜨거운 별과 긴 장마를 지나자 점점 몸이 불어나기 시작하더니 철봉에 매달려 턱걸이하듯 힘들어지기 시작했다. 그냥 매달려 있다가는 땅으로 떨어질 것이 뻔하다. 할 수 없이 덩굴손을 뻗어 우체통과 쇠기둥 사이로 몸을 피신시킨다. 앉은 곳은 위태로워도 양쪽으로 내 몸을 감싸주는 우체통과 쇠기둥이 있어 얼추 견딜 만하다. 더는 몸피가 불어나지 않게 뿌리에서 물 길어 올리는 일을 조금씩 자제해야겠다.

살아가는 법을 따로 배운 바 없지만 어떻게 살아내야 하는지는 어렴풋이 안다. 어딘가에 뿌리를 내리면 죽기 살기로 그곳에 적응해야 새 생명을 잉태할 수 있고 이듬해를 기약할 수 있다. 오로지 비치는 햇살과 불어오는 바람만 맞고 주어진 것 이외에 탐심을 내지 않는 것. 있는 자리에서 최선을 다하는 일. 이것이 저절로 알고 있는 내 삶 전부다.

　자고 일어나면 괜찮을 거라는 말처럼 주체할 수 없이 몸이 자라면 주인장이 짚방석이라도 하나 만들어 주겠거니 내심 기다렸다. 하루가 위태로운 가운데도 괜찮아 괜찮아하며 나를 달래는 사이 점점 몸이 불어나 엉덩이가 조여 오기 시작했다.

　참다가 태평양에서 올라온 태풍을 만난 것은 팔월 한밤중이었다. 밤새 얼마나 몰아치던지 안간힘을 다해 칠흑의 밤을 견뎠다. 목숨을 건다는 말이 무엇인지 그 밤에야 알았다. 떨어지지 않으려고 담장에 덩굴손을 말아 쥐고 얼마나 매달렸는지 묵은 간장 같은 밤을 보내고 나니 엉덩이에 깊은 생채기가 생겼다. 진물이 나고 다시 아물다 보니 그새 초록은 어디 가고 덥석 가을이 왔다.

　주인장은 고두밥 쪄 말리느라 분주히 마당을 오가고 길 건너 은행나무는 노랗게 물이 올랐다. 가을 꽃차를 장만하느라 어찌나 바쁜지 누렇게 변한 내게는 눈길 한번 주지 않더니 감나무에 몇 달리지 않은 감을 따러 왔다가 그제야 나를 툭툭 치며 아는 체를 한다. 무심한 주인장 같으니라고. 잠시 섭섭한 마음에 꿈쩍 않고 오도카니 앉아 있었다. 두리번거리던 주인장이 엉덩이 아래의 상처를 발견하고는 혼자 중얼거린다.

　"대견도 하지. 이리 위태로운 곳에서 비바람을 견디다니"

시난고난 겪은 그간의 세월을 알아주는 이 있어 와락 목이 멘다. 배꼽을 자르고 주인장이 내 몸을 흔든다. 꿈쩍 않고 있다가 못 이기는 척 주인장의 손으로 고단한 몸을 내려놓는다. 땅에서 올랐던 그곳을 두 계절 만에 다시 땅으로 내려왔다. 주인장은 마당 가운데 따 놓은 조롱박 사이에 나를 눕힌다. 밤톨 같은 조롱박 사이에 나는 조금 삐뚜름한 모습으로 누워 있다. 감과 조롱박은 마루로 올리고 나는 방으로 모시고 간다. 주인장이 어머니 사진틀 앞에 동그랗게 똬리 방석을 만들어 그곳에 나를 앉힌다. 못생긴 내 등도 쓰다듬어 주고 찌그러진 엉덩이를 추슬러 바로 앉혀준다.

방안은 따습다. 훈훈한 꽃차 향기와 달달한 조청 냄새 가득하다. 비바람을 견딘 대가로 분에 넘치는 호사다. 견딜만한 일을 견디는 것은 견디는 것이 아니다. 견딜 수 없는 일을 견뎌 냈을 때 비로소 견뎠다 말할 수 있다. 달달하고 훈훈한 차향과 따뜻한 겨울밤을 상으로 받았으니 비바람을 견딘 까닭이 여기에 있다.

* 까닭 - 어떤 일이나 현상의 원인 또는 조건

2부
황금꽃비

찰察

잠잠하던 배롱나무 가지가 잠시 출렁인다. 홍두깨 산 중간 봉우리로 떠오른 햇살은 아직 마당의 반도 지나지 않았다. 적막한 아침 기운을 흔드는 이가 누군가 보니 곤줄박이다. 흔들리는 배롱나무 가지에서 음音을 타나 싶더니 잠시도 한곳에 있지 못하고 다시 살구나무로 옮겨간다.

살구나무 이파리에 몸을 숨긴 곤줄박이는 눈 깜짝할 사이 흔적도 없이 사라진다. 어디로 갔나? 고개를 빼 살피는 동안 수련 담긴 돌구유로 날아가 날개를 적신다. 젖은 날개로 얼굴 두어 번 훔치고 다시 자박자박 구유 주위를 맴돈다. 마른 구유 주위로 젖은 곤줄박이의 발자국이 선명하게 찍힌다. 물속을 한참 들여다보더니 구유 속으로 풍덩 몸을 담근다.

때 아닌 불청객에 좁은 구유 안의 수련은 잎을 흔들며 불편한 기색이 역력하다. 첨벙거리며 날갯짓을 몇 번 더 하는가 싶더니 구유 밖으로 나와 푸르르 몸을 턴다. 젖은 깃털에서 자잘한 물방울이 사방으로 날아간다. 몇 차례 더 흔들고 나니 뭉쳤던 깃털이 일순 풀어지며 가벼워진다.

가벼워지니 다시 난다. 모과나무에 점을 찍고 다시 앞집 감나무로 날아간다. 이른 아침, 손으로는 차茶를 비비며 눈은 내내 곤줄박이의 비행을 따라다닌다. 내가 일상 속에서 무심히 하는 관찰의 한 부분이다.

차 솥에서 으름차를 덖다가 잠시 유념해 식혀 놓고 방으로 들어가 지난해 강정 만들고 남은 땅콩 한 줌을 들고 나와 담장 위에 올려두고 다시 곤줄박이를 기다린다. 세수하러 온 것만은 아닐성싶다. 깃털 적시는 일이야 앞개울에서도 할 수 있는 일이 아니던가?

추운 겨울을 나는 동안 몸 안의 기운이 쇠해진 것이 분명하다. 사람냄새를 피해 가야 마땅할 곤줄박이가 자꾸 사람 그늘로 날아드니 참기 어려운 허기가 발동했음이 틀림없다. 곧 산란도 해야 하고 아직은 애벌레가 풍성한 계절이 아니니 인간들의 둥지를 기웃거리나 보다. 담장 위에 내놓은 땅콩이 봄볕에 익는다.

식히고 다시 덖고 나는 무심히 차를 만지며 마당 한복판으로 온전히 건너온 해를 바라보고 있다. 그때 서원 뒷길에서 휘익 곤줄박이 다시 날아와 마당에 앉는다. 내가 앉은 마루에서 그리 멀지 않은 곳이다. 녀석을 눈여겨볼 수 있는 행운 앞에 나는 잠시 하던 일을 멈추고 집중한다.

작은 몸집에 유난히 고운 색이 많이 겹쳐 있는 곤줄박이. 날개는 푸른 회색이고 옆구리는 밤색이다. 정수리 위는 하얀 털이 나 있고 눈 주위와 목은 온통 검은색이다. 배 쪽은 연한 크림색에 가까운 흰색이다. 가끔은 꼬랑지 날개를 서로 겹치기도 하면서 마당 자갈돌 위를 오간다. 그러다 먹이를 감지했는지 담장 위로 날아오른다.

덥석 볶은 땅콩 하나를 입에 물고는 버거워한다. 부리 사이에 낀 땅콩이 너무 커서 그런 모양이다. 어찌 넘겨보려고 부리 안에 넣고 꾸역거리다가 다시 뱉어낸다. 쓱쓱 빈 부리를 담장에 문지르더니 떨어진 땅콩을 다시 물고 담장에 대고 방아를 찧는다. 몇 번의 시도 끝에 조각난 부스러기를 몇 점 넘긴다.

다시 훌쩍 어디론가 날아간다. 길 건너 다육이 방을 지나 은행나무 사이로 사라진다. 곤줄박이가 시야에서 사라지니 멈추고 있던 손을 놀려 다시 차를 만진다.

여러 번 덖었더니 그새 차 속에 수분이 거둬지고 차는 가벼워졌다. 고온 덖음을 한 후 다시 마지막 한 방울의 수분마저 날리기 위해 한지 위에 곱게 얹어 잠재우기에 들어간다. 단 한 점의 수분도 남아 있지 않아야 차가 곱게 완성된다. 성급한 마음으로 덖음을 충실하게 못하면 여름 장마에 차가 변할 수도 있다. 세상 일이 어디 차뿐이랴. 곤줄박이와 나의 교감도 봄날 내내 서로 조금씩 알아갈 때 마음의 문이 열리게 되는 것이다. 이렇게 열린 마음은 쉬이 변하지 않는 장점이 있다.

차는 한지 속에서 스스로 제 몸의 수분을 날리는 동안 나는 담장 위에 땅콩을 손으로 쪼갠다. 언제 다시 올지 모르는 곤줄박이를 기다리며 먹기에 여간 어려워 보이지 않은 땅콩을 딱 한입 크기로 자른다. 쟁여둔 묵은 잣도 조금 더 내다 놓고 고요히 잠자는 차를 들여다보고 앉았다.

무심히 한 사물을 오래 들여다보면 그의 마음이 훤히 보이는 순간이 있다. 이때 따로 말이란 거추장스러운 도구는 필요 없다. 그저 그러려니 바라보는 순간에 서로 꿰뚫어 보는 심법心法이 생기는 것이다. 내가 곤줄박이와 놀면서 익히는 통찰의 한 방법 이다.

다시 동무 서넛을 데리고 곤줄박이가 나타났다. 혼자 먹기 미안했던지, 아니면 떼로 몰려온 식구인지는 알길 없으나 마당을 분주히 오가는 나를 의식하지도 않고 졸졸 모여 맛나게도 땅콩을 즐긴다. 땅콩 그릇에 얼굴을 묻을 때 짧은 꽁지는 하늘로 향

한다. 완전 무장 해제한 녀석들 모습이 사랑스럽다.

더운 불 앞에서 차를 만졌더니 나도 목이 탄다. 잠시 곤줄박이로부터 눈길을 거두고 시원한 물 한 모금으로 갈증을 달랜다. 땅콩을 즐기는 곤줄박이를 두고 나도 잠시 딴전을 부려본다. 음악을 새로 틀고, 장독 뚜껑을 갈무리해 덮고, 해는 벌써 은행나무 고목을 지나 비슬산에 닿았다.

그때 해를 바라보고 있는 눈앞으로 무언가 수직으로 획 지나간다. 놀라 바라보니 곤줄박이 두 마리 뒤엉켜 마당을 가로지른다. 몸을 한 바퀴 순식간에 뒤집더니 공중으로 쏜살같이 날아오른다. 아~저런 찬란한 몸짓으로 날아오르다니. 든든한 포만 후의 재미난 놀이인가? 잠시 나도, 곤줄박이도, 해찰의 순간을 맞는다.

신나게 놀던 곤줄박이도 가고 해는 이미 졌다. 사는 일이 아무리 고단해도 마음 다해 보고, 상대의 마음을 헤아리며, 그 둘을 다 알아차리고도 짐짓 딴전을 피울 수 있는 여유만 있다면 삶은 이것만으로도 족하지 않을까? 두루 살피는 일, 사는 일에 근원임이 분명하다.

청*을 잡다

국자가 요지부동이다. 위로 잡아당겼다가 다시 옆으로 저어보지만 도시 마음먹은 대로 움직이질 않는다. 들어 올리는 일이 버거워 다시 엿물 깊이 국자를 밀어 넣고 어지간히 국자 위로 엿물이 고였다 싶을 때 힘을 다해 들어 올린다. 국자에 담긴 엿물 아래로 길게 실이 늘어진다. 줄줄 흘러내리는 실을 국자로 동그랗게 말아 올린다. 이렇게 엿물 한 국자를 퍼 올렸다. 무거운 엿물을 감당하지 못한 국자가 조금 휘었다. 퍼 올린 엿물을 중탕 그릇에 조심스레 붓고 다시 엿을 퍼 올린다.

시골집 겨울 날씨가 만만치 않다. 추워서 그런지 엿물이 더 딱딱해졌다. 잘못하다 엿물에 푹 담긴 가는 국자를 부숴 먹을 수도 있겠다 싶어 뜨거운 물에 엿 통을 담그고 살살 달랜다. 엿 통 아

70

래를 더운물로 씻어주며 통 안을 살핀다. 뭐든 꽉 물고 다시는 놓지 않을 기세더니 그새 수양버들 가지처럼 부드러워졌다. 좀 말랑해졌다 하여 만만히 볼일도 아니다. 감기고, 끈적거리고, 다시 달라붙으면서 온도와 습도, 다시 바람에 의해 하루에도 수십 번 요사妖邪를 부리니 엿의 심사를 도통 알 길이 없다. 스무 살 가시내의 바람 든 속처럼 언제 어떻게 달라질지 모르니 어지간한 내공으로는 엿 다루기가 쉽지 않다.

예전에 엄마가 그랬다. 강정을 제대로 만들려면 우선 청을 잘 잡아야 하고 청을 자유자재로 잡을 줄 알아야 고운 강정을 만들 수 있다고. 태생부터 찐득하니 물과는 전혀 다른 성질을 가진 터라 조금만 졸여도 강정이 부서지고 무르면 강정이 처진다. 불 위에서 일어나는 몇 초 사이의 반응을 몸으로 체득하기 전에는 엿물과 결코 친해질 수 없다.

뜨거운 솥에 엿물을 붓고 잠시 관찰하면 처음으로 끓어오르는 순간이 있다. 솥 가장자리부터 동그랗게 거품이 올라와 중심으로 모여든다. 분화구처럼 맹렬하게 끓어오르던 거품이 사라지며 잠잠해지는 순간이 있다. 이때가 최적의 순간이다. 더도 덜도 말고 딱 알맞은 청의 순간이다. 이때 바람의 속도로 곡식을 넣고 비벼준다. 처음에는 서로 엉키다가 다시 뭉쳐지고 가는 실이 생기기 시작하면 얼추 청 잡이가 끝난 셈이다.

어떠한 말로도 표현할 길 없는 감感의 세계다. 이럴 때는 이렇게 하라는 요리법 중심의 가르침이 공염불이 되는 순간이다. 다만 몸으로만 알 수 있는 세계. 그저 솥 안에서 끓고 있는 엿물과 내가 하나 되어 돌아가는 세상일 뿐이다. 조금만 호흡을 늦춰도 엿물이 타기 쉽고 조금만 성급하게 굴어도 강정이 물러진다. 단 몇 초의 틈이 최후의 강정 맛을 좌우한다.

근 십 년도 넘게 만져 오지만 엿물의 속내는 오리무중이다. 오늘은 요렇게 만져봐야지 작정하고 덤벼도 단 한 번도 흔쾌히 마음 열어 준 적 없다. 온도나 습도에 따라 수시로 얼굴을 달리하니 그 마음을 읽고 맞추려면 나는 공중널뛰기를 해야 한다. 여우 같은 엿물을 떡 주무르듯 하기 위해서는 나는 꼬리 열두 개쯤 감추고 살아야 한다. 엿물의 상황보다 늘 주변의 형편을 더 살펴야 하는 일이 하늘의 별 따기보다 어려운 청 잡는 일이다.

잡는다는 것은 내 손아귀에 넣는 일이다. 포만감과 함께 상대의 수를 훤히 꿰뚫어 볼 수 있으니 이 아니 즐거운가? 가장 가까운 거리에서 지켜볼 수 있고 손바닥만 펼치면 상대의 속내를 훤히 내다볼 수 있으니 청 잡는 일이야말로 곧 강정 맛을 잡는 일이다. 수시로 손바닥을 펼쳐보며 엿물의 마음을 읽는다. 체험과 반복이 쌓여 견고한 나만의 맛을 몸속에 각인시킨다. 천 번을 작업해 단 한 치의 오차도 없이 한결같은 맛이 생산된다면 이것이 곧 승리다.

　중탕그릇에 엿을 녹인다. 적당한 수분과 함께 오래 저어 준다. 주걱에 감기는 엿의 농도를 보며 창밖 날씨도 함께 가늠해 본다. 볕이 좋고 맑은 날은 주걱에서 떨어지는 엿물의 농도가 조금 낙낙해도 좋고 밖이 흐린 날은 엿물이 되직해야 한다. 처지거나 팔지* 않게 초벌 엿물로 청을 잡아 두고 강정 작업이 시작된다.

　나의 일은 이렇게 철저히 자연에 순응하는 방식으로 이루어진다. 아무리 바빠도 비 내리는 날은 만사를 접고 쉰다. 습濕이 강정 맛에 미치는 영향을 누구보다 잘 알기에 자연이 주는 휴식을 충분히 즐기는 것이다. 따로 계획하지 않아도 계절 따라 움직이다 보면 저절로 일과 휴식이 번갈아가며 찾아온다. 자연에 기대 음식 일을 시작하고부터는 무언가 의도하고 계획하는 일이 참으로 부질없는 일이라는 것을 깨닫게 된다. 막히면 멈춰 서고 열리면 다시 흘러간다. 어디로 흐를지는 나도 알 수 없지만 세상은 늘 변화무상하고 그저 그 중심에서 충실히 흔들릴 뿐이다.

　눈에는 보이지 않지만 엿과 재료 사이에 묘한 궁합이 있다. 청을 잡아보면 유난히 착착 잘 감기는 재료가 있는 반면 오래 덖어도 재료가 알알이 겉도는 것도 있다. 일하는 매 순간 재료와 엿물 사이에서 나는 무수한 변화와 대면하고 그 순간에 따라 조리법을 달리한다. 불과 엿 사이에서 계획이나 이론은 먼 나라 이야

기다. 천차만별의 상황을 그때그때 다른 방법으로 받아들이는 일만이 내가 청을 잡는 최고의 기술技術이다.

　새해가 되니 "올해 계획은 어떻게 되십니까?" 물어 오는 사람이 많다. 저는 "무無계획이 곧 계획입니다." 이렇게 대답한다. 사는 일과 엿물이 어디 계획대로 이루어지던가? 작정한 바 없이 하루 치 일을 충실히 해내다 보면 또 꽃 피고 새 울겠지.

* 청 - 예전에 궁중에서 꿀, 조청, 엿을 이르던 말.
* 괄다 - '마르다'의 사투리

도다리 쑥국

숨찬 겨울을 건너온 동백이 뚝, 하고 모가지를 꺾으면 통영으로 봄 마중을 간다. 이르게 핀 동백이 막 목숨을 다할 즈음 애쑥은 올라오고 도다리 몸에도 제법 살이 오른다. 얼었던 땅을 뚫고 올라오는 애쑥은 아직 초록을 띠지 못하고 이파리 가득 솜털이 하얗다. 두 닢 사이로 봄 햇살이 쏟아지고 바다 둔덕에 애채들이 잎을 틔우면 통영 바다색도 한결 순해진다. 은빛으로 반짝이는 바다를 조각공원 꼭대기에서 내려다보면 금방이라도 멸치 떼들이 튀어 오를 듯 눈부시다. 겨울 건너, 봄까지 산란을 마친 도다리 몸은 이때가 가장 차지고 쫄깃하다. 부풀대로 부푼 봄기운이 도다리 몸속으로 스며들었는지 적당히 기름기가 돌고 연해진 살이 애쑥을 만나면 그 맛이 순간에 폭발한다.

이 폭발적인 맛을 보려면 중앙시장의 번잡함을 지나 서호시장에 가야 한다. 서호시장 여객선 터미널 앞에 가면 분소식당이 있다. 작은 테이블이 몇 개뿐인 이곳은 거친 바닷바람을 맞으며 일하고 돌아온 뱃사람들의 쓰린 속을 풀어주던 해장 집이다. 주인장이 급하게 쓴 도다리 쑥국이라는 메뉴판이 벽에 떡하니 내걸리면 통영에 겨울이 끝나고 봄이 왔다는 증거다. 해마다 들르는 통영이지만 매번 그 모습이 다르다. 내가 달라지는 것인지 통영의 봄이 달라지는 것인지 알 수 없지만 그래도 여전한 것이 딱 두 가지가 있다. 도다리 쑥국과 청마는 늘 그 자리 그대로 바다를 지키고 있다.

미리 핀 동백들이 하나 둘 진 자리에 애쑥이 올라오면 청마가 살았던 마당에도 봄볕이 짙어진다. 청마 생가 툇마루에 앉아 담장 너머 멀리 바다를 내다보면 코발트색 바다가 봄을 부르고 있다. 사랑하고 사랑받아야 마땅할 이곳 통영에서는 누군들 술잔을 기울이지 않으랴. 지천으로 넘치는 해산물과 들썩이는 포구의 기운들이 술을 찾게 부추긴다. 아무리 엄전한 사내도 다찌 한 상에 뱃속을 훤히 드러내는 곳이 바로 통영이다.

무사히 건너온 겨울을 축하하며 한 잔, 팽팽하게 다가 올 봄을 위해 한 잔, 눈 뜨면 나가 싸워야 할 바다를 위해 한 잔, 무참히 모가지를 떨어뜨린 동백을 위해 한 잔, 봄이 술을 부르고 술이

76

또 봄을 맞는다.

이러니 분소식당은 아침부터 분주할 수밖에 없다. 부지런을 떨지 않으면 늘 만석이라 길 밖에서 기다려야 한다. 지난밤 숙취로 속을 풀어야 할 남정네들 일색인 식당 안은 혼자 들기에 쑥스럽다. 그래도 쑥국 맛을 잊을 수 없는 나는, 제일 구석진 자리에 앉아 도다리 쑥국을 시킨다. 주인아주머니가 내 말이 떨어지기가 무섭게 되받아친다.

"도다리 쑤우국~" 하고.

나는 잠시 쑥스러움을 물리치기 위해 입안에서 쑥국, 쑥국하고 혼자 되씹어 본다. 한참을 혼자 그렇게 말을 굴리고 있으니 봄날, 먼 산에서 들리던 뻐꾸기 소리처럼 꼬리에 꼬리를 물고 들리는 쑥국이라는 말이 감칠맛이 되어 혀 밑에 와 고인다.

분소식당은 문이 둘이다. 하나는 시장 안으로, 하나는 부두 쪽으로 나 있다. 나는 부두 쪽 방향으로 앉아 문밖을 내다보고 있다. 오가는 사람들의 옷차림이 그새 가벼워졌다. 열어 둔 문으로 불어오는 바람이 그다지 차지 않다.

부두를 내다보고 앉은 내게 김이 썰썰 오르는 도다리 쑥국이 당도했다. 우선 말간 국물부터 한 숟가락 맛을 본다. 코끝을 감싸던 쑥 향과 함께 남도의 된장 맛이 먼저 혀끝에 닿는다. 구수한 된장 맛 뒤에 탑탑한 쌀뜨물 맛도 함께 느껴진다. 뜨물과 된장의 절묘한 배합이 쑥 향과 어우러져 묘한 뒷맛을 낸다. 아주 조금 푼 된장이라 국물은 그저 말갛기만 하다. 이제는 도다리 속살을 발라 쑥과 함께 먹어 본다. 부드러운 도다리 살이 애쑥과 함께 입안에서 엉키더니 씹을 새도 없이 넘어가 버린다. 겨우내 까칠하던 입맛이 순간에 돌아온다. 혀 아래 고여 오는 단맛이 언제 입맛을 잃었나 싶다.

적당히 더운 국물로 속을 지지니 금방 등에서 땀이 난다. 더운 국물이 주는 힘이다. 겨우내 정체되어 있던 몸 안의 기운들이 시원스레 한 바퀴 돈다. 이마에 화기가 도니 얼굴이 그새 맑아진 느낌이다. 잠자던 세포들이 툭툭 먼지를 털고 일어나 통영 앞바다를 내다보고 있다.

충분히 쑥국의 국물 맛을 즐기고 난 다음, 따뜻이 몸이 데워지면 흰 쌀밥에 파래무침을 얹어 한입 먹어 본다. 향긋한 바다냄새가 입안 가득하다. 겨울 한철 제 맛인 해초 또한 지금이 제철이다. 고소한 멸치 볶음, 짭짤한 오징어젓, 해풍 맞은 파 무침, 묵은지, 밑반찬으로도 밥 한 그릇 뚝딱 먹을 수 있다. 이것저것 밥술에 올려 볼이 미어져라 먹어본다. 일부러 섞어 먹지 않고 하나씩 따로 먹어보는 이유는 반찬 고유의 맛을 즐겨보기 위함이다.

다른 테이블에서는 걸쭉한 목소리의 사내들이 졸복과 도다리 쑥국을 두고 무엇을 먹을 것인가 하고 서로 저울질을 하고 있다.

나는 지난해 먹은 졸복 맛을 떠올리며 한마디 한다.

"도다리 쑥국을 먹어야 봄이 제대로 오지요." 하니

힐끔 쳐다보던 사내들이 일제히 도다리 쑥국을 외친다. 아주머니 다시 주방 쪽에다 대고

"도다리 쑤우꾸욱" 하며 길게 외친다. 그 목소리에 물기가 올랐다.

마지막 국물까지 비우고 나니 그릇에는 홍고추 몇 개만 남았다. 든든하게 속을 채우고 나니 나른하던 몸에서 다시 생기가 돈다. 도다리 쑥국을 먹던 고개를 들고 문밖을 내다보니 봄이 저만치 바다를 건너고 있다.

황금 꽃비

장마전선이 남부지방으로 내려온다는 전갈이다. 이맘때쯤이면 궂은 구름 사이로 잠시 얼굴 내미는 해를 보며 옷섶을 풀어 제 속을 훤히 여는 꽃이 있다. 손톱만한 작은 꽃잎을 팔랑개비처럼 뒤로 젖히며 피어나는 꽃. 바람 불면 황금빛 꽃이 비가 되어 내리는 꽃. 호미곶 대동배 마을 뒷산을 온통 노랑으로 물들이는 꽃. 만지면 금방 손에 치자 물이 오를 것 같은 모감주나무다. 모감주 꽃이 피면 곧 장마가 잰걸음으로 우리 곁으로 온다는 뜻이다. 장마 들기 전에, 다가올 장마보다 더 빠른 걸음으로 나는 이 꽃을 만나러 구룡포로 간다.

모감주 만나러 가는 길목에 솔숲이 우거졌다. 소나무를 타고 오르는 담쟁이의 초록이 절정에 닿았다. 맹렬히 기어오르는 담쟁이는 고단함도 없어 보인다. 그저 여름의 중심을 향해 나아가고 있을 뿐이다. 하늘을 향해 뻗은 줄기가 싱싱하고 힘차다.

담쟁이의 전진처럼 나 역시 눈만 뜨면 일이다. 눈앞의 일을 가만 두고 보지 못하는 나는 늘 치열하게 뛸 수밖에 없다. 뛰다가 숨 고르기를 할 때는 안식처럼 구룡포를 떠올린다. 겨울이면 철규분식의 단팥죽과 모리국수를, 여름이면 모감주 꽃을, 봄가을에는 쫀득한 돌문어가 자꾸만 나를 부른다.

오늘은 쫓기는 일들을 뒤로 미루고 큰마음 먹고 동해로 간다. 유월 초에 보리밭을 보러 잠시 들렀을 때 대동배 마을 뒷산을 뒤덮고 있던 모감주는 그때 아직 푸른 잎만 넘실거렸다. 그 푸른 잎을 가리키며 어느 시인이 그랬다. 칠월이 오면 꼭 모감주 꽃비를 맞으러 오라고. 초록을 뒤덮은 황금빛을 보러 오라고.

그 후 길을 걸을 때도 사람을 만날 때도 하마나 꽃이 피었을까? 마음은 조바심이 났다. 몸은 도시에 있었지만 마음은 늘 대동배 뒷산에 가 있었다. 촘촘한 일상 안에서 노란 모감주를 보러 갈 생각을 하면 금방 마음이 환해졌다. 참 희한한 일이었다.

도시의 하루는 매연과 갈등. 부질없는 생걱정이 쳇바퀴처럼 돈다. 그도 그럴 것이 속대중으로 시작한 일이 무리 없이 완성되기까지는 예사 굽잇길이 아니다. 그렇게 휘어진 길을 걷다가보면 마음은 금방 돌덩이가 된다. 세상일이란 것이 굳어진 마음으로는 아무것도 할 수가 없다. 딱딱한 생각으로 사람의 마음에 길을 내는 것이 어디 쉬운 일이던가. 우선 나부터 무르게 익어야 한다. 만지면 손가락이 들어올 만큼 부드러워진 다음, 상대를 살펴야 옳다. 그래야 만사가 술술 풀리는 것이다.

굳은 마음을 부드럽게 반죽하려면 혼절할 만큼 즐거운 일을 가슴에 품고 살아야 한다. 품고만 있어도 즐거워지는 일. 생각만 해도 입가에 절로 미소가 생기는 일. 그런 일 하나쯤 지니고 살아야 버거운 하루가 황금 꽃비로 저무는 것이다.

유월 내내 마음 안을 떠돌던 모감주를 보러 떡 반죽처럼 착착 이겨진 마음으로 호미곶 모롱이를 도니, 마을 전체가 노랗다. 모감주가 나를 기다렸다는 듯이 일제히 꽃잎을 연 것이다. 제 속을 훤히 열고 나를 내려다보고 있는 모감주. 고개를 젖혀 올려다보니 천지가 황금빛이다. 여름 들머리에 피는 꽃이라 초록으로 짙어진 산천에 그 색이 더욱 선명하다. 군락을 이뤄 마을 지붕 위로 쏟아져 내려오는 모감주는 동그랗게 마을을 품고 있다. 무성하게 엉킨 황금빛을 나는 잠시 황홀한 마음으로 올려다본다. 아! 저 노란 꽃빛을 보기 위해 여름날의 뜨거움도 잊고 여기까지 왔다.

뭉게구름처럼 엉켜있는 노란 꽃송이를 가까이서 보기 위해 어부횟집 뒤로 산을 오른다. 작은 개울 하나를 건너 숲 속으로 들어가니 잘잘한 꽃송이가 한눈에 들어온다. 먼발치에서 보니 이팝 꽃숭어리 같기도 하고 가까이서보니 양란 같기도 하다.

혼자 모감주 그늘로 들어가 햇살을 등지고 들어오는 꽃빛을 한껏 즐긴다. 햇살 쪽에서 보는 모습과 숲에 들어보는 모감주의 색이 완벽하게 다르다.

아! 나는 이 한마디 이외에 그 어떤 말로도 이 순간을 표현하기 어렵다. 잠시 숲이 술렁거린다. 산등성이 왼쪽 골에서 바람이 불어온다. 도시에서 묻어온 온갖 상념이 일순간 바람에 날려간다.

내가 잠시 한눈을 판 사이 머리위로 후두둑 꽃비가 내린다. 머리에 떨어져 얼굴로 뛰어 내리는 꽃은 금방 발아래로 떨어져 내린다. 잊고 있던 땅을 내려다보니 떨어진 꽃이 수북하다. 이르게 폈다 진 꽃들이 나무보다 땅에 더 많이 피어나있다. 아니 누워있다. 만지면 금방 손에 금물이 묻어날 것 같다.

한 군데 오래 머물며 그 자리의 햇빛과 그늘을 속속들이 맛보며 깊이 뿌리 내렸을 모감주. 잠시 잠깐의 햇살로 무성하게 꽃 피웠을 리 만무하다. 진득하니 바다의 짠 바닷바람도 이겨내고 뱃심 좋게 엉덩이를 붙이고 마을 뒷산을 지킨 탓에 지금 이렇게 풍성한 칠월을 맞는 것이다. 세월이 공으로 가는 법은 없다. 하루 가고 이틀이 지나다 보면 절로 숲이 생기고 꽃이 핀다.

세상만사 깨닫는 일은 세수하다 제 코 만지는 일보다 쉽다고 한다. 알고 보면 애써 굳건히 제자리를 지키는 일, 이것 말고 우리 삶에 무엇이 또 필요하겠는가. 코는 늘 그 자리 그대로 있다. 매번 마음이 변덕을 부리며 들락거리는 바람에 본래의 모습을 알아채지 못하는 것이다.

누가 뭐라 해도 오늘 하루 내게 주어진 일을 성실히 치러내며 제자리를 지키다보면 만화방창 꽃 피는 날이 올 것이다. 구하려 가고, 따지다보니 어려운 것이다.

그저 그러하도록 두는 일. 모감주 꽃그늘 아래서 내가 깨닫는 삶의 비법이다.

돌아서 산을 내려온다. 서로 엉켜 숲을 이룬 모감주 가지 사이로 난 길이 눈부시게 환하다. 어두운 이쪽과 환한 저쪽의 경계가 따로 없다. 꽃과 꽃 사이로 어우러진 길이 온통 황금빛이다. 내가 걸어갈 길도 그러할 것이다.

고래 두 마리

보리밭 사이에 초록 고래 두 마리 바다를 향해 엎드려 있다. 꼬리는 어디로 감추었는지 초록 등짝만 햇살 아래 눈부시다. 금 방이라도 등에서 푸른 물줄기를 뿜어 올릴 듯 등위의 곡선이 팽팽하다. 울퉁불퉁 들길을 걷다가 보니 내 시야는 흔들흔들 물결이 되고 흔들리는 내 시야 사이로 봉분은 보리밭을 가르며 바다로 나아갈 것 같다. 뭍에서 고래라니 그것도 보리밭 이랑 사이에서 고래 만날 일이 있기나 한가? 그런데 내 눈에는 분명 고래 두마리가 바다를 향해 헤엄쳐 가고 있다.

막 익기 시작한 보리밭 사이에 바람이 지나간다. 바람은 분명히 한 방향에서 불어오는데 그 바람을 맞고 흔들리는 보리의 모습은 다 제각각이다. 흔들리는 보리이삭의 색이 바람의 결 따라 매번 달리 보인다. 진했다 다시 옅어지는 보리 색깔 사이로 고래의 등이 보였다가 순간 사라진다.

일행 모두 구룡포의 보리밭에 빠져 있을 때 나는 보리밭 사이에 있는 봉분에 마음이 홀딱 빼앗겨 있었다. 앞서 걸어가는 시인이 푸른 보리 이삭을 보고 청사라고 표현해도 그 말은 하나도 귀에 들어오지 않고 평평한 보리밭 사이에 둥근 봉분만 내 눈에 가득 찼다.

바다는 멀고 해당화는 붉다. 유월의 동해는 멸치가 막 뱃속에 알을 품은 듯 기름져 보인다. 초록 등을 가진 고래 두 마리는 물 없는 뭍에 묻혔으니 바다로 돌아갈 날은 멀어 보인다. 유월의 잔디는 봉분을 싱싱하게 덮고 눈앞에는 꽃이 만발하다. 한 마장 너머 동해의 푸른 물이 그들을 부르지만 갈 수 없으니 이 아니 애달픈가.

살아생전 바다를 끼고 살았겠지만 이제는 갈 수 없는 곳이 되고 말았으니 자손들이 동해의 푸른 파도라도 보고 지내라며 이곳에 터를 잡은 모양이다. 보리밭보다 조금 낮은 지형이 포근하고 안락해 보인다.

무심코 보리밭을 보러 왔다가 만난 두 봉분. 등 굽은 자식이 그 봉분을 매만지고 있다. 바다로 못 가고 흙에 몸을 묻고 있는 일이 애달파 보였는지 봉분 만지는 손길이 사뭇 정성스럽다. 해는 이미 기울고 봉분 옆에 쪼그리고 앉아 풀을 베는 그의 등 뒤에 그림자가 길다. 사방이 보리밭인 호미곶 중심에 봉분 두 개 나란히 바다를 바라보고 있다.

묘지 앞 작은 밭뙈기에는 전부 해당화로 가득 찼다. 농사짓는 농부가 곡식 아닌 꽃이라니. 별일이다 싶어 해당화 밭을 유심히 내려다본다. 키 큰 해당화를 쓰러지지 않게 끈으로 잘 둘러놓은 걸 보니 저절로 자란 해당화도 아닐성싶다. 이제 막 피기 시작한 해당화는 봉분을 위해 누가 조성해 놓은 것이 분명해 보인다. 나는 묘지보다 좀 더 높은 길 쪽에 서서 두 부부가 하는 양을 지켜보고 있다가 천천히 해당화 밭으로 내려갔다. 다가가니 뜨거운 지열에 묻어 올라오는 해당화 향이 아찔하다. 미리 핀 해당화는 제법 굵은 열매도 맺었다. 가까이 와서 보니 분홍의 꽃잎 속에 황금빛 꽃술이 향기만큼 눈부시다. 등 굽은 자식이 잔디 고르던 손길을 놓고 낯선 객을 쳐다본다.

"해당화가 우째 이래 곱습니꺼?"

"글치요. 울 엄니 꽃이구만요. 생전에 얼마나 해당화를 좋아했는지 모르니더. 가고 나니 내가 뭘 해줄게 있어야지 꽃밭 맹글어 주는 것 말구는."

말로만 객을 맞고 손은 여전히 잔디를 고르고 있다. 굵은 손가락에 풀물이 파랗게 올랐다. 풀이 무성할 유월인데 명절 앞두고 막 벌초를 끝낸 봉분처럼 묏자리가 말끔하다. 자고 나면 자라나는 유월의 잡초를 수시로 매만졌는지 잡풀 하나 없어 보인다. 풀고르던 손을 놓고 논두렁으로 나 앉은 아저씨는 길게 담배 한모금 드신다. 잠시 먼 산을 바라보고 앉았던 아저씨가 한마디 하신다.

"내가 우리 어메 애 많이 먹였다 아잉교. 말도 안 듣고 원양어선 타고 바람처럼 떠돌아 댕기미 우리 어메 애 많이 태웠수. 어메 저세상 가고 나니 세상천지 내가 할 일은 없는기라요."

"살아생전 해당화를 얼마나 좋아했는지 내 밭 자리 하나를 다 해당화를 심었뿟소. 곡식 심어 배부른 것보다 꽃보고 좋아할 어메 생각하마 내 배가 더 부르다 아잉교. 어메 보고 싶은 마음만 생기마 여그 와서 풀도 뽑고 꽃도 본다 아입니꺼."

밭 자리 바로 아랫동네 사는 부부는 매일 묘소에 올라와 꽃을 돌본다. 몸만 오간 것이 아니라 이들의 정성이 봉분 위에 고스란히 덮여있다.

"대단합니더. 우예 해당화 심을 생각을 다 하셨어예."

"암만 내가 열심히 한다캐싸도 부모 정성이야 우예 따라가겠습니꺼."

툭툭 엉덩이를 털고 아저씨 다시 묘지 쪽으로 걸어간다. 우리는 죽었다 깨나도 할 수 없는 일을 아저씨는 그런양하고 있다.

산조상도 제대로 건사하지 못하는 세상이다. 눈앞에 보이지 않는 조상에게 저리 성심을 다하다니 보기 드문 일이다. 죽은 사람이야 꽃인지, 바다인지 어떻게 알까? 하지만 스스로 해당화를 가꾸고 잔디를 고르는 동안 산사람의 가슴에 만화방창 꽃 피는 소리 들리지 않을까?

반질한 봉분은 아무리 봐도 다정한 두 마리 고래 같다. 멀리 보이는 바다가 기울어진 햇살에 쓸려 은빛으로 반짝인다. 등 굽은 자식은 봉분 사이에 앉아 바다를 내다보는 일이 그저 큰 행복이다. 햇살에 익은 얼굴이 검다. 한참을 행복에 겨운 아저씨 얼굴을 쳐다보다 화들짝 놀라 둘러보니 그새 일행은 어디로 갔는지 아무도 없다. 고래에 취해 일행을 놓쳐버렸다.

누렇게 일렁이는 보리밭 사이로 푸덕거리며 고래 두 마리 바다를 향해 나아가고 있다. 그 옆에 등 굽은 새끼 고래도 함께 따라가고 있다.

활짝

비켜선 오후 햇살에 뻥튀기 아저씨 턱수염이 눈부시다. 숭숭 제멋대로 난 수염은 이미 가을을 넘어서 겨울로 가고 있다. 뜨겁게 돌아가는 기계 옆에 나는 요리 가방을 안고 기다리고 있다. 돌고 돌아 곡식은 어디로 가고 있는지, 잘 덖어지고 있는지 뜨거운 열기 따라 내 마음도 함께 돌아간다.

아저씨는 몽땅 빗자루로 흩어진 튀밥을 쓸어 모으다 다시 기계 쪽으로 가 온도와 시간을 확인한다. 긴 쇠막대기로 돌아가는 기계를 두드리며 시간과 기다림 사이에서 서성거린다.

더딘 시간이 시장 통 작은 길 위에서 어슬렁거린다. 길 건너 과일 집 아주머니는 앞에 찬 전대 깊숙이 손을 넣고 졸고 있다. 오른쪽으로 기운 고개를 얼른 다시 추스르면 다시 반대쪽으로 기울어 간다. 등 뒤에 그림자가 사과상자 아래로 구부러져 있다. 어디서 빛이 드나 고개를 들어보니 좁은 골목길을 덮은 갖가지 천막이 딱 자기 집 가게 크기만큼 하늘을 덮고 있다. 얼기설기 끈으로 기둥을 찾아 묶어 둔 천막. 빽빽이 들어선 천막 사이로 가을빛이 스미고 있다.

가게 없이 난전에 앉은 할머니 머리 위는 횅하니 민얼굴의 가을 하늘이다. 가게가 없으니 천막 친 하늘도 없고 하늘을 가리지 않았으니 온전한 가을볕이 그대로 쏟아진다. 할머니 뒤척뒤척 온몸으로 가을볕을 다 받아내고 있다.

스미는 햇살에 눈부신 몸을 드러내고 있는 저것은 분명 홍옥이다. 알싸하게 신맛이 나는 붉다 못해 검은 홍옥이다. 태양이 홍옥의 몸속으로 들어갔는지 알길 없지만 뜨겁게 붉다. 한참을 뻥튀기 집에 앉아 길 건너 홍옥의 색을 탐한다. 눈길로 쓰다듬다가 한입 먹어 보는 상상을 하다가 와락 입안에 침이 고인다. 잠시 튀밥이 튀겨지는 사이, 길 건너 과일 집으로 간다. 졸던 아주머니 화들짝 잠들지 않은 척 과일 바구니를 만지작거린다. 탐스러운 홍옥을 욕심스레 봉지에 담는다. 먹기도 전에 마음에는 활짝 꽃이 피고 짜릿한 신맛을 안고 다시 뻥튀기 가게로 온다.

여전히 분주하게 돌아가는 기계 앞에 아저씨 서성이고 있다. 얼추 덖어졌는지 아저씨 기계 아래 화덕을 빼내고 불 없이 통을 돌리고 있다. 밥도 끓고 나면 불을 끄고 잠시 뜸들이듯 뻥튀기도 잠시 불을 빼고 몸을 식히고 있다. 아저씨 서둘러 긴 뻥튀기 망을 끌어와 멈춰선 기계에 물리고 가슴에 걸고 있던 호루라기를 힘껏 분다.

왁자하던 골목에 잠시 정적이 흐르는가 싶더니 짧은 정적 사이로 긴장한 눈길이 모여든다. 팽팽한 골목 기운이 "펑"하는 소리와 함께 부서진다.

한 무리의 연기, 압력을 견디지 못하고 사방으로 날아가는 곡식, 천지에 진동하는 고소한 냄새, 펑 소리와 함께 잠시 정지된 골목길이 다시 분주해지고 아저씨는 긴 망을 사선으로 들고 소쿠리에 튀밥을 붓는다.

활짝 폈다. 단단한 곡식이 제 속살을 드러내고 둥글게 부풀었다. 앞다투어 봄꽃 일어나듯 일제히 소쿠리 가득 튀밥이 피어났다. 그 모습 참으로 곱다. 손을 넣어 저어본다. 따뜻한 기운이 손바닥을 지나 가슴까지 차올라 온다. 잎 지는 가을이지만 바야흐로 내 가슴에 도는 생기. 천막 사이로 가을 하늘이 활짝 열리고 있다.

소요逍遙*

차를 버리고 천천히 몸을 움직여 걷기 시작하는 곳에서부터 나의 소요는 시작된다. 첩첩 산골을 따라 물이 흐르고 그 물길 옆으로 조가비 같은 집이 엎드려 있다. 동네가 둥글게 모여 있는 것이 아니라 물길 따라 길게 늘어서 있다 보니 동네의 첫 집과 끝 집은 턱없이 멀다.

높낮이가 다른 돌담 사이를 걸어 동네 끝에 서니 끝 집 마당가에 백구 한 마리 길게 누워 낮잠을 즐긴다. 내가 옆을 지나가도 길게 뻗은 다리를 오므릴 생각이 없다. 낯가림이 전혀 없는 백구는 와도 그만, 가도 그만이라는 표정으로 잠만 자고 있다. 천하태평이 따로 없다.

백구가 누운 흙 담 너머로 돌 복숭아꽃 철없이 붉고 인기척 없

는 마당에는 빨래만 한가롭다. 다들 어디로 간 것인지 산중에 봄
날은 적막하기 그지없다.

골을 따라 오르다 막다른 길에서 장화로 신발을 갈아 신고 배
낭을 등에 맨다. 치렁치렁한 바지자락을 장화에 넣으려고 등을
굽히니 개울 아래서 득달같이 다가오는 향기가 있다. 고개를 들
어보니 산 라일락이 크지도 않는 숭어리를 흔들며 환하게 웃고
있다. 손을 뻗어 가지 하나를 당겨와 코에 대 보니 그 향이 아찔
하다. 아찔하더니 이내 어지럽다. 어지럼증에 취한 순간 당겼던
손을 놓친다. 가지는 두어 번 더 흔들거리더니 제자리로 돌아간
다. 모름지기 꽃은 흔들릴 때 더 큰 향내를 뿜는가 보다.

실버들이 늘어선 개울 오른쪽으로 천수답이 주름져 있다. 멀
리서 골짜기 끝을 올려다보니 초록 융단이 겹겹이 쌓여 있다. 실
뱀같이 굽어진 논둑길을 걸어본다. 부드러워진 흙에 곧잘 발목
이 접힌다. 바람이 옷섶을 헤집고 들락거린다. 차지만 싫지 않은
바람이다.

발아래 곰보배추 몇 포기 눈에 띈다. 민들레는 이미 노란 꽃술
안에 씨방을 품었다. 그 옆에 냉이가 흰 꽃을 머리에 이고 있다.
개울 옆 묵은 가지를 타고 올라간 으름덩굴이 그새 커졌다. 두어
주 전만 해도 아기 손톱만한 잎이 찻잎으로 안성맞춤이었다. 그
런데 하루 볕이 무섭다고 일주일 만에 찻잎으로 쓰기에는 그 모

양새가 제법 미워졌다. 꽃도, 잎도, 다 때가 있나 보다. 때를 놓치면 제대로 된 차 맛을 느낄 수가 없으니 말이다. 실하게 뻗어 올라간 덩굴 사이로 보랏빛 으름 꽃이 한창이다. 몸을 닫은 꽃은 구슬 같고 몸을 연 꽃잎은 초롱같다. 이미 때를 놓친 잎은 포기하고 차 만들기에 제철인 꽃잎을 따 모은다.

다 딴 꽃잎을 배낭에 넣고 산을 오르니 칭칭 감긴 다래 덩굴이 갈 길을 막는다. 덩굴이 얼마나 튼튼한지 그네를 타도 되겠다. 이리저리 덩굴을 헤치다 보니 그 아래 머위 군락지가 무성하게 펼쳐져 있다. 덩굴 그늘 때문에 생긴 적당한 습이 머위를 더 푸르게 감싸고 있다. 먼저 핀 큰 잎과 작게 말려 올라오는 잎들이 그늘 아래서 졸고 있다. 배낭을 내려놓고 머위 잎을 따기 시작한다. 작고 여린 순만 따 모은다. 금방 손톱에 까만 물이 오른다. 뚝뚝 모가지를 꺾은 머위들이 내 손가락 끝에다 문신을 새긴다. 저 여린 새순조차도 목숨을 다할 때는 자신의 존재를 상대에게 알리는구나 싶어 새순 따는 손길이 자꾸만 더뎌진다. 풋내 나는 푸른 물이 피보다 더 진한 흔적으로 내 손끝에 남는다. 바람이 들지 않는 덩굴 안은 조금 덥다. 금방 등에 땀이 찬다. 산속에서의 잠깐은 산 밖에서는 한나절일 때가 많다. 오고 가는 시간의 흐름이 잠시 멈추는 곳이 바로 산속이기도 하다.

산을 한 바퀴 돌아 나오니 해는 벌써 하늘의 반을 지났다. 나는 장화를 벗고 개울가에 앉는다. 발가락 사이로 물살이 지나간다. 찬 개울물이 머리까지 올라와 눈을 환하게 연다. 산을 거슬러 올라온 바람이 등에 땀을 거둬간다.

발아래 흐르는 한 뼘도 안 되는 개울 속을 들여다본다. 돌미나리 사이로 버들치 한가롭고 물이끼 위에 다슬기도 보인다. 모여 무리를 이루니 그 모습이 더 아름답다. 조용한 듯 보여도 물속에 가라앉은 뭇 생명이 봄 하늘을 안고 흔들리고 있다. 그 위로 내 얼굴이 비친다. 전에 없이 평화로운 모습이다. 바람이 분다. 이른 산 복숭아 꽃잎 개울로 떨어진다. 떨어진 꽃잎, 물결 따라 떠내려가고 개울을 감고 돌던 꽃잎은 이내 내 시야에서 사라져간다.

개울이 흘러가 고이는 저수지는 주변 산 빛이 오롯이 물속에 들어 그 빛이 여리고 부드럽다. 비가 잦아 가득 찬 저수지는 물비늘을 만들며 가장자리로 밀린다. 활엽수 사이로 간간이 섞여 있는 산 벚을 보니 연두 사이 분홍이라 더 눈부시다.

길지 않은 탁족을 마치고 산을 마저 내려온다. 올라간 길을 되짚어 내려오며 버드나무 아래를 지난다. 그늘은 바람이 차고 햇살 아래는 볕이 따갑다. 다시 차를 버린 곳으로 되돌아오며 봄날에 짧은 소요를 이쯤에서 마친다.

* 소요逍遙 - 슬슬 거닐어 돌아다님

96

유자 柚子

　손으로 기운 팥죽색 자루 안에 유자가 가득하다. 이불 속통이
나 한복 안감으로 그만인 천은 자루 안이 훤히 들여다보인다. 꽁
꽁 기운 바늘땀을 들여다보고 있자니 유자를 따고 자루에 담았
을 스님의 손길이 단숨에 느껴진다. 천 색깔에 쌓여 제대로 색을
내지 못하던 유자가 자루를 열자 향기와 함께 내게 안겨 온다.
모양은 울퉁불퉁 제각각이다. 한참을 자루 안에 코를 박고 냄새
를 맡는다. 짭짤한 남쪽의 바다냄새와 시큼한 유자향이 턱 아래
침을 고이게 한다. 한 입 고인 침을 삼키고 나니 추위로 사라진
식욕이 불현듯 고개를 든다. 살얼음이 낀 동치미 국물 속에 동동
떠다니는 유자 껍질. 톡 쏘는 동치미 국물 맛도 기가 막히지만,
그에 더해 향기롭게 씹히는 유자 한쪽은 추위에 떠는 나를 금방

남해로 데려간다.

겨울에도 땅이 얼지 않는 남해는 모진 추위를 견디며 일하는 내게 늘 그리움의 대상이다. 으슬으슬 춥다가도 남해 강진이라는 단어만 떠올려도 몸이 이불 아래 단술단지처럼 따뜻해져 온다. 뭉근히 따시다가 끝내 보글거리며 마음에 단맛이 차올라 내 시린 손끝을 보듬어 주기 때문이다. 혀끝에 녹는 남해라는 이 단어 하나만으로도 나는 겨울을 거뜬히 생미역 줄기처럼 견딘다.

마량과 그리 멀지 않은 강진에 가면 Y라는 절이 있다. 절 뒤에는 야생 유자 밭이 지천으로 널려있고 법당 문을 열면 남해가 손에 잡힐 듯 눈앞에 있다. 사철 내내 바닷바람을 맞으며 자라는 유자는 그 맛과 향이 유별나다. 남해의 햇살과 바람에 저절로 영근 유자는 도시의 미끈한 유자와 그 맛이 사뭇 다르다.

이 절 툇마루에 앉아 물수제비 같은 다도해를 내려다보고 앉았으면 세상 근심이 단숨에 사라진다. 근심이야 만들면 근심이고 내려놓으면 금방 근심이 아니기도 하지만 요즘 나는 다 늦은 나이에 전통한과 일에 뛰어들어 스스로 근심을 만들며 살아가고 있다.

음식에 대한 열정 하나로 시작한 일이라 곳곳에 허점투성이다. 누구의 도움도 없이 혼자 시작한터라 빈 곳이 많을 수밖에 없다. 빈 곳이 많다보니 저절로 근심도 쌓이게 마련이다. 하지만, 근심을 하나 둘 해결해 나가며 세상도 알아간다. 안다는 것은 얼마나 무서운가? 부딪혀 체득한 세상일은 금방 나의 뼛속에 와 박힌다. 인이 박힌 후에야 비로소 나의 것이 되는 것이다. 내 것이 되었다고 안심할 일도 아니다. 또다시 오래 곰삭혀야 제 향기를 품을 수 있다. 아직 갈 길이 멀다. 이제 막 걸음마를 시작하는 곳에서 나는 수시로 넘어진다. 하루에도 몇 번씩 주저앉은 그곳에서 그냥 눌러앉고 싶은 유혹이 나를 흔든다. 하지만, 꽃수를 놓은 강정 한 점 들여다보고 있으면 말끔히 그런 생각들이 사라진다.

저절로 꽃피우고 열매 맺는 일은 얼마나 아름다운가? 누구의 도움도 없이 맺고 피는 일은 칭찬받아 마땅하다. 물에 담가 유자를 씻으며 까맣게 때가 오른 유자를 대견스러운 마음으로 쓰다듬는다. 긁히고 패인 상처들이 노란 몸을 칭칭 감고 있다. 어린 유자가 비바람을 견디지 못했다면 도사리로 떨어졌을지도 모르는 일인데 참으로 장하다. 손가락으로 상처를 하나씩 짚어 나간다. 남해의 바람과 햇살이 상처 안에 촘촘히 숨어 있다. 그 모습이 눈물겹게 아름답다.

모습만 아름다운 유자로 치자면 농장에서 충분한 영양과 보살핌을 받고 자란 때깔 좋은 유자가 시중에 많다. 유자를 썰어 보면 육즙도 풍부하고 껍질도 한결 보드랍다. 하지만, 바닷바람과 따가운 햇살을 견디며 자란 강진의 유자와는 비길 바가 아니다. 모양새는 거칠고 투박하지만 향기 하나만큼은 야생유자를 따라올 자가 없다. 제 몸에 가시가 있는 유자나무는 비바람 속에서 흔들리다 자신의 몸에 스스로 상처를 내기도 한다. 그 상처들이 아물며 몸 안에 묘한 향기를 품는가 보다.

얇게 껍질을 벗기고 속을 파낸다. 속은 속대로 담아 두고 껍질만 따로 채를 썬다. 곱게 채 썬 유자에 파낸 육즙을 짜 넣는다. 육즙을 짜다 보면 굵은 씨가 빠져나온다. 씨는 화단에 뿌려 두면 이듬해 푸른 유자나무를 만날 수 있다. 자작한 유자에 꿀을 섞어 꼭꼭 눌러 두면 향긋한 유자차가 된다. 조금 남겨둔 유자 채는 햇살에 바짝 말려 겨울 쌀강정을 비빌 때 넣으면 향기가 그만이다. 유자 강정은 다른 강정과 달리 아무리 먹어도 물리지 않는다.

유자를 다 장만하고 난 내 손에 오래 향이 남아 있다. 일하다 간간이 내 손에서 나는 남해의 바람 냄새를 맡는다. 치열하게 견딘 후에야 비로소 제 몸속에 품을 수 있는 향기. 만지면 상대의 살 속 깊이 가 박히는 향기. 아무리 맡아도 물리지 않는 향기. 이 향기는 도대체 어디서부터 오는 것일까? 강진에서 온 유자는 감히 누구도 흉내 낼 수 없는 향기로 겨울을 견디고 있는 나를 흔든다. 상처를 두려워하지 않는 자, 그대만이 가질 수 있는 귀한 향기다.

와락

살짝 언 고두밥을 뒤집는다. 기척 없는 홍두깨산은 아직 일어나지도 않았다. 손가락 사이로 빠져나가는 쌀알에 얼음이 박혔다. 서슬 퍼런 냉기가 손가락을 타고 올라 순간 눈앞이 맑아진다. 냉기에 정직하게 반응하는 몸이 푸르르 떤다. 잠을 밀어내지 못해 멍해진 기운을 찬바람이 단숨에 잡아낸다. 찬 기운에 점령당한 몸이 서서히 깨어나고 덩달아 홍두깨산도 부스스 기지개를 켠다.

느슨하던 마음에 다시 물이 오르고 열심히 고두밥을 매만진다. 밤사이 슬쩍 얼었다가 짧은 겨울 볕에 잠시 녹았다 하는 사이 고두밥은 한없이 연해진다. 몸속에 수분을 품었다가 다시 뱉으며 찹쌀 조직에 실금이 가고 그 미세한 균열이 뜨거운 열을 만나면 꽃처럼 피어난다. 연한 고두밥은 그저 얻어지는 것이 아니다. 냉골의 겨울밤과 따스한 볕을 견딘 후에 비로소 얻어지는 부드러움이다.

며칠을 그렇게 한뎃잠을 재운 뒤 얼추 수분이 제거되면 그때 방으로 들인다. 바로 따뜻한 아랫목에 말려도 되지만 그렇게 말린 고두밥과 한뎃잠 잔 고두밥은 음식을 장만해 놓으면 맛이 하늘과 땅 차이다. 편리한 건조기를 내가 마다하는 이유가 여기에 있다. 냉기와 볕을 번갈아 가며 견딘 고두밥이라야 볶았을 때 꽃이 더 곱게 핀다. 뜨거운 솥에서 탁탁 튀어 오르는 모습을 보면 봄꽃 피어나듯 그렇게 환하다.

환하게 밀려드는 것은 어쩔 도리가 없다. 와락 안기면 그저 품는 수밖에. 그 곱고 귀한 것을 어찌 밀어낼 재간이 있겠는가. 전생에 무슨 굳은 맹세가 있었던지 음식 일은 내게 그렇게 왔다. 하고 말고의 분별이 사라진 상태로 음식을 만났고 만나자마자 당연히 해야 하는 일로 마음을 굳혔다. 단 한 번도 그 마음을 달리 먹어 본 적 없고 막을 새도 피할 새도 없이 여기까지 왔다.

몇 차례 봄이 다녀가고 나도 추위와 친해졌다. 무심히 시작한 일들이 하나씩 마디를 이루고 층층이 이어진 마디가 제법 키가 자랐다. 덮치듯 내게 안겨 통 떠날 기미가 보이지 않더니 이제 보니 맞춰 보지 않아도 음식과 나는 찰떡궁합이다. 이 나이에 설레고 재미난 일이 있다는 것이 어디 보통 일이던가? 추위도 무색하게 하는 신명 나는 음식 세계를 들여다보며 호기심 가득한 겨울을 보내고 있다. 엄동에 누가 하라 한들 할 일인가? 그저 내가 좋아, 와락 내게 안긴 음식이 좋아, 이렇게 지화자 꽃노래를 부르는 것이다.

누구는 그런다. 대충 기계의 힘을 빌려 쉽게 만들면 되지 않느냐고. 그런데 음식이라는 것은 본디 제 고유의 맛이 있게 마련인데 묵은 시간을 빼 버린 음식은 턱없이 얇고 가볍다. 모양은 비슷하게 뽑아낼지 몰라도 숨은 맛은 절대 흉내 낼 수 없다. 지난한 과정 없이 그저 모양만 비슷한 음식들이 세상에 차고 넘친다. 그냥 허기만 달랠 것인가 음식 본연의 맛을 느낄 것인가 이 문제다.

예전 엄마가 그림자처럼 따라다니며 중얼거리던 일상의 언어가 나이 들어 되새김질해보면 귀하고 소중한 나만의 비법이 된다. 어느 책에도, 정보의 바다에서도, 건질 수 없는 소중한 유산이다. 그러니 내게 있어 음식과 엄마는 결코 둘이 아니다. 음식 안에는 늘 엄마의 숨소리와 밥 먹듯 일러주던 이야기가 함께 공존한다. 얼은 고두밥을 만지면서도 엄마의 꾸지람이 불쑥 들려오고 쌀을 볶다가도 엄마의 재바른 손끝이 느껴진다. 회초리와 칭찬이 내가 만지는 음식 안에 함께 숨 쉬고 있다.

떠오른 햇살이 좁은 마당에 가득하다. 얼어 서로 달라붙은 고두밥을 손바닥으로 살살 문지른다. 알알이 부서진 쌀이 아침 햇살에 눈부시다. 아직은 채 녹지 않은 얼음알갱이가 햇살이 비칠 때마다 반짝거린다. 해가 떠오르니 적막하던 마당이 소란스러워지며 새 몇 마리 날아든다. 막막한 겨울 산천에 먹을 것이 없으니 분명 고두밥이 탐나 날아들었을 것이다. 나누면 좋으련만 귀한 음식을 만들어야 하니 옥상 올라가는 계단에 따로 좁쌀 한 줌 내준다. 새도 아는지 고두밥 쪽으로는 오지 않고 좁쌀에 둘러앉아 맛나게 아침밥을 먹는다. 배부르면 가뭇없이 날아가는데 아직 그득하지 않은지 종종거리는 모습이 곡식을 더 청하는 눈치다. 수수를 넉넉히 뿌려주니 실컷 먹고 고두밥 곁에는 얼씬도 않고 날아간다. 염치가 사람보다 낫다. 앉을 자리 설 자리를 아니 똑똑한 새다.

새도 사람도 먹어야 산다. 이 간단한 이치를 깨닫고 나면 왜 건강한 음식을 먹어야 하는지도 답이 절로 나온다. 몸을 살리는 음식을 먹어야 비로소 정신도 살아난다. 누군가를 먹이는 일은 곧 생명을 살리는 일이다. 입으로 드는 이 숭고한 작업은 부지불식간不知不識間에 나를 엎드리게 한다. 나를 낮추고 상대를 귀히 여길 때 제대로 된 음식이 완성된다. 달리 마음 닦을 일도 없다. 사철 분주히 뛰어다니다 보면 세상 이치가 다 자연 안에 숨어있

104

다. 몸 밖 세상이야 제 뜻대로 흘러가게 두고 나는 다만 먹이는 일에 마음을 다할 뿐이다.

음식은 언제나 생물이다. 살아 꿈틀거리고 보이지 않는 기氣를 서로 나눈다. 만지는 사람의 기운이 고스란히 쌓이기도 하고 어떤 마음으로 만졌느냐에 따라 똑같은 재료도 다른 맛을 낸다. 먹어온 음식을 보면 그 사람의 삶도 얼추 짐작된다. 먹어, 몸에 쌓인 기운대로 행동하고 그 행동이 쌓여 일생이 된다. 이러니 어찌 먹는 일을 가벼이 여기겠는가? 남들이 보면 지난하기 짝이 없는 음식 장만의 과정이 나에게는 무엇보다 소중한 이유가 여기에 있다. 살살 고두밥을 매만지고 일어나니 겨울 볕이 마당에 눈부시다. 처음 음식이 와락 내게 안겨오던 그날처럼.

꽃탑

봄비가 대지를 기름지게 쓰다듬는 곡우 날 아침 찻잎 모시러 하동으로 간다. 가는 내내 진도 앞바다에는 지는 봄꽃보다 더 아픈 사연이 바다를 덮고 섬진강변에는 유채 만발하다. 찻잎 따는 일은 해마다 정해진 일이니 아니 갈 수도 없고 막막한 마음으로 길을 나섰다. 세상이 하 수상하니 꽃 사랑도 지나치면 밉보일까 싶어 꽃 욕심을 누르며 차 밭으로 먼저 간다. 산비탈 차밭은 태평농법 때문인지 올해도 어김없이 풀 반 차나무 반이다. 풀을 헤치고 차밭으로 드니 가슴께까지 자란 차나무가 온몸을 감싼다. 가지 치지 않고 마음껏 자라서인지 찻잎 참 성싱하다. 산을 오르는 내내 바람이 심하더니 차밭 속은 오히려 고요하다. 차나무 사이에 몸을 묻고 잠시 찻잎을 가로지르는 바람 소리를 듣는다. 가지와 가지 사이로 밀려드는 바람은 눈 감으니 금방 파도소리다. 밀려드는 초록 물결에 잠시 멀미가 인다. 이렇게 출렁이다 봄은 또 가겠지. 속절없이 훅 가겠지.

　똑똑 찻잎 모가지 부러지는 소리가 천둥소리보다 더 크게 귀를 울린다. 절정을 향해 치닫는 차나무는 딱 두 닢만 내게 허락한다. 숨죽이고 찻잎을 따니 금방 손톱 밑에 파란 풀물이 오른다. 섬진강을 거슬러 올라온 바람에는 물비린내 가득하다. 어슬렁거리는 바람은 어디를 쏘다니다가 이제야 차밭에 왔는지. 몰려왔다 다시 아래 차밭으로 몰려가는 모습이 송사리 떼 같다. 바람이 모는 대로 차나무 아낌없이 휘청거린다. 칭칭 동여맨 앞치마에 찻잎 조심스레 따 담는다. 행여 치이기라도 할까 봐 아기 만지듯 정성을 다한다. 혼란한 세상 탓인지 차 따는 일이 전에 같이 즐겁지 않다. 한 줌씩 쌓이는 차를 보면 몸에 물이 올라 신명이 나야 하는데 산 위에서 등 떠미는 바람도 무겁고 마음도 따라 무겁다.

　무거우니 잠시 콧바람이라도 쐬고 와 다시 찻잎 따는 일을 할까 하고 쌍계사에 올랐다. 일행을 대웅전으로 올려 보내고 나는 잠시 해우소를 지나 약수터에 오니 백발의 할아버지 묵은 동백나무 아래 쪼그리고 앉아 계신다. 바위와 대면하고 뭘 저리 열심히 하나 싶어 가까이 가보니 세상에 꽃탑을 쌓고 계신다. 등 뒤

사람 그림자는 아랑곳하지 않고 할아버지 그저 쌓는 일에만 몰두한다. 사뭇 진지한 손놀림 하며 쌓은 돌의 높낮이를 보아하니 감각 또한 대단하다. 촘촘하게 한 덩이를 쌓아 올린 돌 위에는 동백 한 무더기 척 올려놓고 길게 외로 빼 올린 돌 위에는 작은 동백 한 송이 올려놓는다. 높고 낮음, 많고 적음의 미美를 배운 바 없어 보이지만 뼛속 깊이 숨어 있는 오감으로 그저 그렇게 손 가는 대로 탑을 쌓고 계신다. 의도하지 않고 작정하지 않아 더 아름다운 선. 가다 뚝 떨어지고 다시 모여 탑을 이룬다. 할아버지 키보다 더 큰 바위 사이에 앉아 오월 한나절을 참으로 눈부시게 움켜잡고 계신다. 작은 돌멩이를 주워 모아 바위의 골을 따라 꽃을 피우고 속절없이 떨어진 동백이 할아버지 손끝에서 환생한다. 어차피 떨어져 버릴 꽃 아니던가. 그 꽃을 다시 피워 생명을 불어넣다니 참 신기한 일이다. 넋 놓고 할아버지를 보고 있으니 꽃탑에서 무슨 기운이 뿜어져 나오는지 금방 마음이 환해진다.

누군가를 환하게 하는 일 어려운 줄 알았더니 아니다. 마음과 행동만 있어도 가능한 일이다. 아랫마을에서 아침 일찍 걸음 하셔서 봄날 하루를 자근자근 쌓고 계시는 할아버지 곁에 아이들 신이 났다. 불러 모으지 않았는데도 어디서 그곳으로 몰려들었는지 시끌벅적 마냥 즐겁다. 할아버지 손잡고 사진 찍고 말을 건다. 한나절을 그렇게 돌 옆에 가만히 있어도 통 심심할 새가 없어 보인다. 한 무리의 사람이 지나가면 또 다른 사람이 모여든다. 느티나무 그림자에 어룽대는 꽃탑을 보고 웃고, 떠들고, 모두 행복해한다. 그 무엇으로도 대신할 수 없는 귀한 시간이다. 경로당에서 무심히 하루를 보낼 수도 있으련만 잠깐의 공력功力으로 세상 모든 사람의 근심을 덜어주다니 이것이 진정 보시普施아니겠는가?

누구에게나 공평하게 주어지는 하루가 할아버지에게는 참 옹골찬 시간이다. 청춘의 하루와 노년의 하루가 결코 같을 수 없겠지만, 먼발치에서 바라보니 할아버지 한나절이 청춘의 하루 못지않다. 꿈틀거리며 살아 있는 시간. 살아 다시 뭇사람에게 기운을 더해 주는 시간. 무심히 사라지지 않고 빛나게 쌓이는 시간. 가만 생각해 보면 세상 모든 것이 귀하다. 그저 땅에 떨어진 동백이라도 귀히 여기는 마음만 있다면 모든 사람을 설레고 행복하게 만들 수 있다. 누가 복을 짓는다고 했던가. 무한의 복을 짓고 계시는 할아버지 복잡한 세상과 달리 풍요로운 분이다.

세상이 아무리 소란스러워도 꽃은 피고 진다. 한번 온 것은 기어이 가고 간 것은 다시 오지 않는 것이 세상 이치지만 다한 인연이라 여기면서도 마음 거두지 못하는 것은 사람인지라 옹색한 사람인지라 그러하리라. 봄꽃 어디 열흘 붉기가 그리 쉽던가. 지는 꽃은 서글퍼 아름답고 짧아서 못내 황홀하다. 봄꽃이 언제

졌는지 연초록 풋것이 그새 천지에 가득하다. 꽃탑을 보다 고개 드니 울컥울컥 산을 넘어 오는 연두. 누구의 손길인지 피우고 지는 일 참으로 장관이다.

3부
눈꽃승마

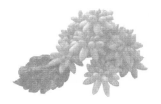

몸이 기억하는 음식

숨찬 겨울이 가고 남도에 매화가 망울을 터트렸다는 소식이 전해지면 청도는 온통 푸른 미나리 향으로 가득해진다. 마당 건너 들판은 비닐하우스로 바다를 이루고 그 안에 초록의 미나리가 물결을 이룬다.

아직 먼 산에 춘설이 남아 옷깃을 여미게 하는 한기는 여전하지만, 하우스 안을 기웃거려보면 그곳은 벌써 꽃 피는 춘삼월이다. 가지런히 잘 자란 미나리가 얼마나 탐스러운지 손바닥으로 쓰다듬어 보면 금방 초록 물이 묻어날 것 같다. 약간은 습하고 따뜻한 하우스 안에 공기는 굳은 몸을 부드럽게 만들고 고양이를 하품 나게 한다.

내일 멀리서 손님이 온다고 하니 아주머니 앞서 낫질을 하신다. 쓱쓱 날카로운 낫이 미나리를 지나간 자리에 아득한 향기만 가득하다. 미나리꽝 중심에 서서 지금 막 잘려나간 미나리 향을 맡고 서 있으면 겨우내 정체된 몸의 기운도 일순 푸르게 일어선다. 굳었던 마디가 풀리고 혀 밑에 하나 가득 침이 고인다.

자른 미나리를 손으로 툭툭 털어 떡잎을 버리고 하우스 옆 지하수에 미나리를 씻는다. 찬물에 손을 담가도 싫지 않은 날씨다. 흐르는 물에 깨끗이 씻은 미나리를 가지런히 쌓아 놓으면 하우스 안으로 들이치는 봄볕에 초록이 눈부시다. 겨울을 열심히 건너온 미나리는 참으로 대견스럽다. 청도에서는 푸른 미나리가 밥이 되기도 하고 아이들의 학자금도 된다. 청도에 미나리 향이 진동하면 봄이 왔다는 확실한 증거다.

청도 미나리는 줄기가 붉은 것이 특징이다. 몸통 전체가 초록인 미나리와는 좀 다르다 싶을 정도로 붉다. 옛날 개울가에 저절로 자라던 야생미나리와 흡사하다. 일명 불미나리라고 하는데 그 약성은 푸른 미나리에 비길 바가 아니다. 청도의 맑은 물에서만 자라는 이 미나리는 해독기능이 뛰어나고 피를 맑게 한다.

미나리는 겨우내 싹을 틔워 두 뼘 정도 키가 자랐을 때 그 맛이 최고에 이른다. 적당히 물이 올라 줄기는 아삭하고 잎은 한없이 부드럽다. 비슬산자락에서 내려오는 눈 녹은 물이 키운 미나리여서 그런지 다른 잡스러운 맛은 찾을 수 없다. 그저 맑은 물만 먹고 자란 찬란한 봄의 맛이다.

　정월 대보름이 지나고 삼월이 가까워져 오면 생각보다 몸이 먼저 푸성귀를 원한다. 겨우내 푹 삭혀 먹던 음식들이 혀끝에서 빙빙 돌며 군내가 나기 시작할 때 입맛은 자꾸 생것이 그리워진다. 몸 안에서 쌉싸름하고 약간 새콤한 것이 자꾸 당기면 봄이 온 것이다. 저절로 몸이 원하는 음식은 지금 몸 안에서 부족한 것이라고 보면 정확하다.

　겨우내 시래기나 무말랭이, 김장김치로 보충하던 비타민들이 슬슬 부족해지는 시기가 봄이다. 겨울에는 움직임이 적고 몸의 모든 기능이 줄어드니 적은 음식만으로도 계절을 날 수 있지만 봄이 되면 해가 길어지고 하루 활동량이 점점 많아지니 쉬이 몸이 나른해진다.

　이럴 때 몸은 수십 년 동안 먹어 온 봄 음식을 기억해 내고는 스스로 그 음식을 찾게 한다. 음식은 오미五味나 눈으로도 먹지만 가장 근원적인 식욕은 몸에서부터 비롯된다. 몸 안의 생체시계가 정확히 돌아 제철이 되면 먹고 싶은 음식들이 생겨나는 것이다.

　봄 산천에 모든 새싹은 다 약藥이다. 오월 단오 전까지는 토끼가 먹을 수 있는 푸성귀라면 사람도 거의 먹을 수 있다. 추운 겨울을 나고 땅을 밀고 올라오는 새싹에는 우주의 기운이 뭉쳐 있다. 그러니 그 위대한 에너지를 먹는다는 사실은 이미 건강을 보장받은 것이나 진배없다.

생을 유지하고 몸에 기운을 얻기 위해서 우리는 먹을 수밖에 없다. 어떻게 먹을 것인가 보다 무엇을 먹을 것인가가 더 중요한 문제다. 대대손손 먹어왔던 음식, 자손만대 먹을 음식은 몸이 먼저 알고 스스로 챙긴다. 어릴 적 눈만 뜨면 어머니가 해주시던 음식은 몸 안에 이미 유전자로 기억돼 있다. 그것들이 계절 따라, 상황 따라, 몸 밖으로 나와 기억과 함께 식욕을 불러일으키는 것이다,

갓 자른 싱싱한 미나리는 보기만 해도 식욕이 동動한다. 옆구리에 미나리 소쿠리를 끼고 논둑길을 걸어 집으로 온다. 바람은 차갑지만, 등에 내리는 봄볕은 따스하기만 하다.

멀리 부산에서 문우들이 한걸음에 달려왔다. 미나리는 핑계고 서로 안부가 궁금해 걸음 하였으리라. 반쯤 꽃이 핀 다육이 화분을 안고 온 문우들 얼굴이 봄꽃만큼 반갑다. 매화는 아니더라도 미나리를 들먹이며 만날 수 있으니 이 아니 즐거운가? 먹는 즐거움보다 만나는 기쁨이 더 크다.

사는 재미 중에 사람 사는 집에 사람 드는 일이 그중 으뜸이다. 서로 맞이하고 즐기다보면 에너지를 나눠 가질 수 있다. 내

가 갖지 못한 것을 얻고 내게 남는 기운을 무한히 나눈다.

음식이 사람을 기다리는 것보다 사람이 음식을 기다리면 그 맛이 더욱 좋다. 적당한 시장기와 짧은 기다림이 음식에는 보약이다. 차 한 잔 기울이며 문우들은 기다리고 나는 음식을 장만한다.

미나리는 우선 생것인 그대로 소쿠리 가득 담아두고 적당히 비계가 붙은 돼지고기를 삶는다. 된장과 월계수 잎을 몇 장 띄우고 푹 익을 때까지 두고 쌈장을 만든다. 여러 가지 견과류를 넣고 장을 만들면 짠맛은 피할 수 있고 견과류를 충분히 먹을 수 있어 더할 수 없이 좋다. 이렇게 돼지수육을 만들어 미나리 줄기에 잘 익은 고기 한 점과 견과류 장을 얹어 먹으면 집 나간 봄 입맛이 금방 돌아온다. 부드러운 고기와 아삭한 미나리줄기, 오돌오돌 씹히는 견과류를 한꺼번에 입에 넣고 볼이 미어져라 쌈을 싸 먹으면 입 안 가득 퍼지는 미나리 향이 곧 봄이다.

또 미나리 한 줌과 오징어를 뜨거운 물에 데쳐 오징어와 미나리를 돌돌 말아 강회를 만들어 놓으면 고기보다 더 담백하다. 짭짤한 오징어와 데친 미나리의 부드러운 맛이 돼지고기 못지않게 훌륭한 맛을 낸다. 기름기와 촌수가 먼 사람들이 즐기는 음식이다.

우리 밀, 밀가루가 있으면 매운 청량 초를 다져 넣고 넓적하니

전을 한 장 붙여도 좋다. 색깔이 약간 검어도 우리 밀이라 구수하다. 알싸하니 매운 고추 맛과 향긋한 미나리가 만나 막걸리 한잔이 간절해지는 순간이다.

야콘, 우엉, 사과, 무, 도라지에 간간하니 간을 해 담가 놓은 장아찌를 한 접시 내고 국을 끓인다.

맑은 육수에 된장을 약간 풀고 토막 낸 도다리를 넣고 한소끔 끓인다. 도다리가 얼추 익었다 싶으면 어제 집 뒤 논두렁에서 뜯은 애쑥을 넣는다. 쑥이 어찌나 어린지 국에 들어가자마자 눈 녹듯 숨이 죽는다.

아주 살짝 김만 올려 국을 뜬다. 맑은 국물에 도다리 기름이 동동 뜨고 향긋한 쑥 향이 코를 찌른다. 도다리 쑥국이다.

방풍나물 몇 점 초장에 찍어 먹으며 문우들과 이야기를 나누다 보니 입안에는 벌써 봄이 가득하다.

봄과 미나리는 제법 궁합이 맞다. 미나리의 '나리'는 날일日. 그러니까 햇빛에서 비롯된 듯하고 미는 미더덕이나 미역처럼 물에서 왔으리라는 추측을 어느 시인이 그럴듯하게 설명한다.

우리는 오물오물 미나리를 씹으며 고개를 끄덕인다. 미나리는 그 무엇도 필요 없고 정말 햇볕과 물만 있으면 잘 자라는 채소 아니던가. 봄날에 지천으로 깔린 것이 물과 햇볕이다. 이치에 제법 맞는 말 같아 미나리를 씹는 내내 물과 햇볕을 생각한다. 자연이 우리에게 주는 큰 선물이다.

청도는 사방이 산이라 물이 맑다. 비가 오면 높은 산이 수분을 다 머금고 있다가 골짜기를 통해 흘러내려 온다. 산 아래 밭이나 논에서 그 물을 받아 미나리를 키운다. 미나리 맛이 좋을 수밖에 없는 이유 중의 하나다.

밥상 가득 미나리다. 문우들 미나리를 볼이 미어져라 먹으며 시종 웃는다. 분명 먹는 것은 미나리인데 가만 들여다보니 청도의 자연을 먹고 있다. 웃음의 훈기가 좁은 방을 가득 메운다. 사람 사는 맛이 여기에 있다. 미나리 맛도, 사람 맛도, 최고인 봄날 하루가 저물어간다. 왁자하니 웃는, 웃음 저만치 꽃피는 소리 들린다.

파꽃이 피면

무논에 개구리 울고 모들이 제법 땅 냄새를 맡으면 밭 언저리에는 파꽃이 핀다. 푸른 원기둥 끝에 얇은 피침모양의 천을 뒤집어쓴 파꽃은 칠월이라는 단어 앞에 일제히 그 막을 터트린다. 녹아내린 초란의 속껍질 같은 막이 찢어지면 바소꼴의 흰 꽃이 공처럼 피어오른다. 손을 대면 뻗어 나온 꽃술에 손바닥이 찔릴 것 같지만, 가만히 만져보면 손안에 느껴지는 부드러움이 여느 꽃 못지않다. 꽃은 꽃이되 꽃 축에도 못 끼는 파꽃이지만 이 꽃이 피고 나면 어김없이 칠월이 온다.

"미끄덩 오월, 어정칠월, 둥둥 팔월"이라는 말을 어린 시절 엄마는 입에 달고 사셨다. 콩밭 이랑에서도, 호박넝쿨 아래서도, 박꽃 핀 툇마루 끝에서도 이 말을 밥 먹듯이 되뇌셨다. 오월이

미끄러지듯 지나가 버리고 나면 어정거리다 칠월을 맞고 팔월
은 더위에 밀려 둥둥 거리다 보면 그새 여름이 막바지에 이른다
는 말이다.

눈 깜짝할 새 지나가 버리는 여름, 그 찰나에 즐기는 음식들이
따로 있었다. 막 뜨거워진 태양에 칠월이 적당히 익으면 이때만
맛볼 수 있는 제철 음식이 몇 있다.

칠월이 되면 바다와 함께 떠오르는 음식이 하나 있다. 바다로
가는 길목, 포항 죽도시장에 가면 그곳에서만 맛볼 수 있는 풋
콩잎 물김치가 그것이다. 해수욕장으로 가다 들러 꼭 이 물김치
를 사 먹었던 기억이 생생하다. 예전에야 엄마가 담가 주시는 것
으로 여름 한 철은 먹을 수 있었지만, 엄마가 부엌출입을 그만둔
후로는 죽도시장에서나 맛볼 수 있는 귀한 음식이 됐다.

경상도 사람만이 즐기는 콩잎 물김치는 파꽃 필 무렵이라야
제맛이 든다. 콩잎 크기가 예닐곱 살 아이의 손바닥만 해야 김칫
거리로는 제격이다. 조금만 커도 잎이 꺼칠하니 줄기가 씹히고
이르면 콩잎에서 풋내가 난다.

비릿한 횟집 골목을 지나 건어물 골목에 들어서면 시큼한 풋
콩잎 김치 앞에 두고 할머니 몇, 난전에 나앉아 있다.

"콩 이파리 김치 좀 가 가래이." 할머니 손을 저으시며 나를 부
른다.

탑탑하고 꽁꼬롬한 풋내는 내 유년의 여름 한 철을 내 눈앞에 데려다 놓는다.

어린 나는, 설핏 해가 지는 툇마루 끝에 앉아 풋 콩잎 물김치에 쌈을 싸 먹었다. 쌈 위에다 젓국을 얹어 먹을 때도 있었고 잘박하게 지진 강된장을 얹어 먹을 때도 있었다. 쌈을 입에 넣으려고 고개를 젖히면 서쪽 하늘에 샛별이 떠 있기도 했고 대추나무가지 사이로 눈썹달이 보이기도 했다. 콩잎 김치는 손가락 사이로 국물이 줄줄 새야 그 맛이 제격이다. 돌돌 말아 입에 넣고 손에 묻은 시큼한 풀물까지 쭉 빨아 먹고 나면 콩잎의 비릿한 풋내가 온 입에 가득했다. 쌈을 먹은 뒤 손을 씻고 잠들어도 손바닥에 오래 남아 있던 비릿한 풋내. 생각만 해도 혀 밑에 멍게 문 듯침이 한입 고인다.

냄새에 이끌려 얼른 할머니 앞에 쭈그리고 앉는다. 오감 중에 미각보다 더 치명적으로 기억되어지는 것이 후각이다. 친정 엄마 뵌 듯 난전에 할머니를 올려다보니 할머니, 국자로 **빡빡한** 보리 풀물을 떠 켜켜이 재워진 콩잎 위에 끼얹는다. 얼마나 맛있는지 보란 듯 국자 젓는 손길이 제법 리듬을 탄다. 국물이 흘러내리며 나는 시큼한 냄새는 내 온 몸의 돌기를 일으켜 세운다.

"맛나것제. 한 보시기 가져가 묵어봐라. 보리밥에 척척 걸쳐 묵어보마 임금님 부럽지 않을끼다."

옆에서 이 소리를 듣고 있던 할머니, 한술 더 보태 장단을 친다.

"국물 좀 흘리더라도 손에 얹어 쌈 싸묵어마 그 맛이 더 최곤기라. 김치 국물 묻은 손가락 빨아 묵어가면서." 유년의 나를 투시해 보는 듯하다.

할머니 나를 바라보며, "니가 그 맛을 알어." 하는 눈빛으로 의미심장하게 웃으신다.

이쯤 되면 할머니들의 호객행위가 절정에 다다른다. 안 살 수가 없다. 콩잎 물김치 한 보시기와 요맘 때가 아니면 만날 수 없는 풋 콩잎을 욕심스레 다섯 단이나 산다. 푸성귀 한 아름 안으니 금방 마음이 부자다. 이 콩잎 다 먹을 동안은 여름더위가 무색할 것 같아 마음에 신명이 오른다.

집에 오자마자 풀물부터 끓인다. 보릿가루, 밀가루, 콩가루, 이렇게 셋을 모아 물을 끓여 식혀 놓고 홍고추를 어슷썰기로 썰어 놓는다. 밤은 곱게 채 썰어두고 식은 풀물에 생된장 한 숟가락을 풀어놓는다. 콩잎 뒷면이 약간 까칠한데 된장이 들어가면 콩잎이 부드러워지며 풋내도 가신다. 홍고추와 밤 채를 켜켜이 콩잎 사이에 재워 뒀다가 마지막에 소금 간한 풀물을 부어두면 금방 맛있는 김치가 된다. 김치가 익기까지는 여름 한나절이면 족하다. 아침에 담가 저녁답이면 먹을 수 있는 김치가 콩잎 물김치다.

칠월이 오면 콩잎 물김치와 함께 생각나는 몇 가지 찬이 있다. 밥하는 아궁이 불이 하나밖에 없던 시절, 엄마는 늘 밥과 찬을 동시에 했다. 밥하는 솥 안에서 여러 반찬을 동시에 만들어 냈다. 지금 생각해 보면 요술 손이 따로 없었다.

밀가루에 된장을 풀고 매운 고추를 송송 썰어 넣은 다음 호박잎 위에 그 반죽을 얹고 밥솥에서 쪄냈다. 쪄서 꺼내 식힌 다음, 사각으로 잘라 아버지상에 올렸다. 반듯한 것은 아버지상에, 우리 상에는 약간 미운 것들만 올랐다. 이것이 밥 위에 찐 장떡이다.

그리고 아버지 입맛이 좀 떨어졌다 싶으면 어김없이 하는 반찬이 하나 있었다. 부엌 찬장 맨 높은 곳에 숨겨뒀던 마른오징어를 꺼내 살짝 물에 불려 놓았다가 손으로 살살 찢어 막 달리기 시작한 애호박을 얄실하니 썰어 넣고 갖은 양념을 한 다음 밥 위에 쪄냈다. 마른오징어 껍질에서 우러난 국물색깔은 가지 색이었다. 오징어 국물은 밥이 끓어오를 때 밥물이 넘어 들어가서인지 그 묘한 맛을 지금도 잊을 수 없다. 아버지가 드시다 남긴 오징어 국물에 밥을 비벼 먹으면 밥이 꿀처럼 달았다.

박꽃이 피면 박 잎을 따다가 전도 부쳐 먹었다. 호박잎은 꺼칠

한 반면에 박 잎은 아주 보드랍고 매끈했다. 전을 부치면 입안에서 씹히는 맛이 다른 야채전과 사뭇 달랐다. 약간 질깃하면서도 쫀득한 맛, 오래 입안에 씹히던 그 맛, 흰 박꽃을 보면 지금도 그 시절의 박 잎 전이 생각난다.

옛날 우리 엄마는 여름내 이런 찬으로 우리를 키웠다. 육식과 비린 것을 그다지 좋아하지 않았던 엄마는 제비 새끼처럼 자라나는 우리에게도 늘 야채만 먹였다. 그러다 보니 다 커 어른이 되어도 아직 이런 음식을 즐길 수밖에 없다.

매미 울고 감자밭에 감자가 통통히 살이 오르면 칠월의 한복판이다. 땀 흘린 만큼 먹어줘야 견디는 것이 여름 몸이다. 삶을 지탱하기 위해 우리가 먹어주는 것들이 곧 몸의 양식이 되고 정신이 된다. 무얼 먹을 것인가를 고민하기 전에 무엇을 먹고 있는지를 먼저 살펴야 할 세월이다. 먹을거리는 도처에 깔렸지만 정작 제대로 먹을 만한 음식은 적다. 제대로 된 음식, 파꽃 피는 칠월에만 먹을 수 있는 콩잎 물김치의 누런 국물 한술이 여름 한철, 내 마음도 몸도 함께 살찌운다.

멍

내 뜰에서 날마다 기적을 목격하던 봄이 며칠이었던가? 빈 가지에 움이 돋고 살구꽃이 다시 살구가 되어가는 모습이 내 망막에 순하게 스며들던 한철. 보다가, 쓰다듬다가, 품다가, 비비다가, 온갖 짓을 다 해가며 자연색을 탐하던 봄날. 영산홍 붉게 마당을 덮고 그 황홀한 색에 마음 흥건히 담그고 있던 것이 바로 어제였는데 이 무슨 날벼락이란 말인가?

시골에서 그 야단이 나는 동안 대구에서는 잠시 비만 내렸다. 내리는 비를 내다보며 며칠 전에 심어 놓은 고추 모종 생각에 반가운 비라 여기고 있었다. 그런데 시골서는 그사이 천지가 뒤집히는 우박이 내렸나 보다. 40분이라는 짧은 시간에 우박이 동네 여럿을 꿀꺽 삼켜버린 것이다. 앞집 아줌마의 전화 목소리가 어찌나 다급하던지 나도 정신없이 시골로 향했다.

헐티재를 넘으니 거세게 내리던 비는 잠시 멈추고 아직 걷히지 않은 잿빛 구름이 군데군데 걸려 비슬산을 넘고 있었다. 면사무소를 지나고부터 나무는 잎 다 떨어진 앙상한 모습이다. 풍년떡집과 면사무소를 경계로 한쪽은 이상하리만치 멀쩡하고 또 한쪽은 쳐다볼 수 없을 정도로 무참하다. 여름날 소 등짝의 이쪽과 저쪽에 내리는 소나기처럼 그렇게 극명하게 갈린 우박은 면사무소 아래쪽 마을을 한순간에 폐허로 만들어버렸다.

이제 막 감꽃이 피기 시작할 무렵이다. 푸르기 그지없어야 할 감나무가 뼈만 오롯이 남아 부들부들 떨고 있다. 아직 광란의 충격에서 벗어나지 못했는지 비릿한 풋내를 풍기며 초췌하기 이를 데 없는 모습이다.

아! 이 무슨 난리란 말인가? 나는 난리를 겪어 보지 않았지만, 난리가 이럴 것이라고 짐작해 본다. 숲과 들판이 우박의 집중 공격에 무방비 상태로 열려 천지가 시퍼렇게 멍이 들었다.

어디서부터 어떻게 손을 써야 할지 아득하기만 한 들판을 막막한 마음으로 내다본다. 쉬이 빠질 것 같지 않은 심한 멍 자국이다.

마을 어귀에 들어서니 양파냄새가 등천한다. 매캐한 양파냄새 사이로 목이 잘려나간 이파리의 풋내가 겹쳐져 말로 형용하기 어려운 냄새가 온 마을을 덮고 있다. 흉흉한 골목마다 미묘한 냄새까지 보태져 동네는 말 그대로 아수라장이다.

청도는 봄에는 미나리, 여름과 가을에는 양파와 감이 주요작물이다. 나야 음식을 만지러 시골에 들어왔으니 농사는 없지만, 집 앞 들판에서 이웃의 농작물을 자나 깨나 보고 사는 사람이다.

가뭄에 양수기를 돌리면 우리 집 전기도 서로 나눠 쓰고 농작물이 어찌 자라는지 어찌 돌보는지 수시로 내다보며 함께 걱정한다.

지난겨울 내내 나는 강정을 만드느라 마당을 분주히 오갔고 그들은 양파와 마늘 모종을 아기 돌보듯이 돌보느라 하루해가 짧았다. 그러다 담 너머로 간식도 나눠 먹고 이야기꽃도 피우며 추운 겨울을 함께 났다.

그렇게 애지중지 양파를 돌보며 봄을 보내고 이제 겨우 뿌리에 알이 들기 시작했는데 하늘도 참 무심하시지. 봄날 내내 푸르게 창창하던 양파 잎이 한순간의 우박에 쓰러져 눕다니. 초록 융단처럼 푸르던 들판이 온통 회색으로 변하고 말았다.

유월까지만 참아줬어도 뿌리가 실하게 여물어 거뜬히 수확했을 텐데 무정한 우박이 이렇게 양파 줄기를 두 동강 내놨으니 다 지은 농사를 한순간에 엎은 꼴이다. 제 목숨껏 살지 못하고 우박의 날카로운 칼날에 쓰러져 누운 나무를 만지며 나는 기가 차서 말을 잃는다. 가끔 우박이 내렸다는 소식을 뉴스에서 보기는 했지만 그 실체가 이런 모습일 줄은 감히 상상도 못했다.

뭇 야생화가 피어 잠시 꽃 잔치로 들떠 있던 나의 뜰은 언제 꽃이 있었느냐는 듯 시침을 뚝 따고 헝클어져 있다.

얼마나 세게 내렸는지 마당의 잔디가 뿌리를 허옇게 드러낸 채 뒤집어져 있고 볕 잘 들라고 된장단지 위에 올려놓은 유리 뚜껑은 세 갈래로 금이 가 있다. 막 피기 시작한 금낭화와 으아리 꽃이 흔적 없이 사라졌다.

우박과 함께 돌풍이 불었는지 화분이란 화분은 죄다 쓰러져 있고 흙을 쏟아 내고 뿌리를 드러낸 채 꼬꾸라져 있는 화분을 보니 어제의 그 화분 맞나 싶다.

지난 장날 방울토마토와 고추 모종을 정성스레 심어 놓고 얼른 땅 냄새 맡고 살아나기를 기다리고 있었다. 그런데 이 무슨 난리인지 고추를 세워 놓았던 지지대만 덩그러니 남아 있고 고추 모종은 어디에도 없다.

어제까지 살구나무 잎 사이로 통통하게 살이 오른 살구를 들여다보는 재미가 쏠쏠했었다. 상추와 조선 우엉을 심어 놓고 나날이 달라지는 그것들을 들여다보며 봄 뜰의 경이로움에 푹 빠져 있었다.

그런 즐거움도 잠시, 지금 마당 구석에 채 녹지 않은 우박이 거짓말처럼 쌓여 있다. 오월에 얼음이라니 누가 이 사실을 믿겠는가? 나는 믿기지 않아 손으로 쥐어본다. 딱딱한 얼음 맞다. 세상에 봄 안에 서슬 퍼런 겨울이라니 눈을 감았다 다시 떠도 믿을 수 없는 상황이다.

거대한 자연의 횡포 앞에 인간은 참으로 미미한 존재임을 다시 한 번 확인한다. 막지도, 피하지도 못한 채 고스란히 받아야만 했던 자연의 회초리. 그 회초리에 시퍼렇게 멍든 자국이 동네 곳곳에 널려 있다.

앞집 다육이 비닐 온실은 갈기갈기 찢어지고 덜 찢어진 온실 지붕 사이에 우박이 쌓여 둥그런 자루 모양으로 매달려 있다. 주먹만한 화분들은 흩어져 깨지고 오랜 세월 자식처럼 돌보던 다육이를 잃은 아주머니 얼굴은 사색이 되어 있다.

면사무소에 들러 피해 사실을 알리고 돌아오는 길에 하도 속상해 술 한잔 하신 앞집 아저씨의 막막한 눈빛을 나는 똑바로 쳐다볼 수가 없다. 다육이는 농작물이 아니라 피해보상에서도 밀려난 모양이다.

뒷집 감나무 과수원도 매한가지다. 가을이면 불타듯이 과수원 하나가 온통 감으로 물결을 이루었는데 감꽃이 무성해야 할 가지에 아무것도 남아 있는 것이 없다.

올해는 그 아름다운 감나무 단풍 보는 일도 애초에 틀린 것 같다. 황홀한 감나무 단풍을 담 너머로 바라보는 일도 즐거움 중의 하나였는데 그 작은 여유마저도 비바람에 고스란히 빼앗기고 말았다.

자연이 이렇게 격렬히 몸부림칠 때는 다 그만한 이유가 있지 않을까? 그 이유를 알아채지 못하면 매번 이런 홍역을 치를 수밖에 없다. 그간 인간들이 저지른 잘못이 이상기후라는 기형아를 만들어냈다. 개발이라는 미명하에 섣불리 자연에 손대지 말아야 한다. 자연이 우리에게 주는 무한한 혜택을 하찮게 여기며 산맥을 자르고 강물을 끊어 놓으니 날씬들 온전할 리 있겠는가? 자연은 그저 그러하도록 두는 일이 인간이 자연에 할 수 있는 최선의 방법이다.

종일 대문 앞에 나 앉아 담배만 축내던 감나무 집 아저씨가 일주일 만에 약통을 메고 과수원으로 간다. 맥 놓고 감 밭만 바라보고 계시더니 그새 기운을 차린 모양이다. 참 다행이다. 이미 닥친 일이니 어쩌겠는가? 허전한 마음이야말로 다 할 수 없겠지만 그렇다고 손 놓고 있을 일도 아니다. 내년과 후 내년을 생각해 다시 나무를 돌보고 거름을 해줘야 한다. 지금 나무들은 깊게 상처 입고 스스로 회복 중이다. 아직은 극심한 스트레스 상태지만 일주일이 지나니 손톱만한 새잎들이 빈 가지를 뚫고 올라오고 있다. 이럴 때 벌레들이 더 창궐하기 마련이다. 허약한 나무에 벌레 꼬이기 쉽고 한번 벌레에게 점령당하고 나면 금방 시들해진다. 이러기 전에 찬찬히 둘러보고 손을 봐 줘야 내년을 기약할 수 있다.

앞집도 비닐을 걷고 다시 새 비닐로 온실을 만들고 나도 푹 파인 마당에 흙을 붓고 잔디를 발로 꼭꼭 밟아 준다. 더 튼튼하게 뿌리 내리고 자라기를 바라는 마음마저 보태 마당을 밟고 부러진 가지들을 정리한다.

잠깐의 악몽은 계절의 한 부분일 뿐이다. 회색으로 캄캄하던 들판에 하나 둘 사람이 보이기 시작한다. 좀 늦었지만, 다시 고추 모종을 내고 가지를 심는다. 양파 거둬낸 자리에 못자리를 만들고 여전히 홍두깨 산 너머에는 뻐꾸기 운다. 한동안 잠잠하던 옆집 아주머니의 스쿠터 소리가 활기차게 골목을 지나 저수지로 올라간다. 마을에 다시 피가 돌기 시작했다.

스스로 회복하는 힘은 어디 자연만한 것이 있을까? 그저 두고 보기만 해도 아물고 일어선다. 머지않아 다시 꽃 피고 숲 우거지리라. 자연은 참 신통하게도 계란 한번 문지른 적 없는데 멍 자국을 하나씩 지우고 있다. 기특하다 못해 눈물겹다. 저만치 여름이 맨살을 드러내고 달려오고 있다.

공생共生

애당초 서로 부딪치지 말았어야 했다. 저는 저대로, 나는 나대로, 그렇게 한 공간에서 살고 있되 만나지만 않았다면 이런 사단은 나지 않았을 것이다.

별 좋은 한낮, 마당 창고 벽에 페인트칠하는 중이었다. 풍악을 울려 놓고 짐짓 혼자 황칠 하는 재미에 흠뻑 빠져 있었다. 한참을 그러고 있다가 보니 시간이 제법 흘렀다 싶은데도 어찌 손전화가 이리 조용한가? 둘러보니 방안에 두고 나온 것 같아 손전화를 가지러 가는 길이었다.

마당에서 계단 서너 개를 올라 현관문을 여는 순간 밖에서 안으로 진행하는 기다란 무언가가 눈에 띄었다. 뒷밭에서 가져다 둔 사과상자 쪽으로 진행하는 저것이 무엇이란 말인가? 구불구

불 유연한 저 곡선이 분명히 움직이는 생물체가 맞다는 생각과 동시에 이런 징그러운 것이라니. 어떻게 여기까지라는 생각과 짧은 찰나에 온몸을 엄습하는 공포와 두려움에 비명 지를 새도 없이 앞집 과수원으로 냅다 뛰었다. 고무신 신은 발이 저절로 움직이는 듯 정신은 이미 반쯤 나가 있었다. 줄행랑치는 만화의 그림처럼 다리는 동그라미를 수없이 그리고 있었다.

감나무 밭을 지나 마당에 들어서 앞집 현관문을 두드리니 아뿔싸 아무도 없다. 닳은 빗자루도 일어나 일한다는 바쁜 추수철에 집에 있을 리 만무하다. 다시 길 건너 옆집으로 달려가 봤지만 거기 역시 아무도 없다. 입속은 타들어가고 등에서는 식은땀이 흐른다. 혼자 동동 뛰다가 할 수 없이 큰길로 나섰다. 지나가는 차를 무작정 세우니 누가 차를 세워 준단 말인가. 정신 나간 아낙 정도로 생각하는지 아무도 차를 세워주지 않는다. 한참 만에 윗동네에서 내려오는 오토바이 한 대가 내 앞에 섰다.

"무신 일인교?"

"우 우 울 집에 뱀이"

울기 직전이었다. 제대로 말이 나오지 않아 심하게 더듬거리고 있었다. 더 물을 새도 없이 할아버지 손을 잡고 다시 집으로 뛰기 시작했다.

현관 앞에 할아버지를 세워놓고 나는 다시 대문까지 도망가

선 채로 말했다.

"사 사 사과박스 뒤로 숨었어요."

할아버지 고무장갑 끼고 작은 막대기 하나 들고 현관으로 진입하더니 눈 깜짝할 새 집게손가락으로 뱀의 머리를 잡고 나왔다. 이미 길게 늘어진 모습이 한차례 할아버지 막대기 세례를 받은 모양이다. 두렵던 마음은 온데간데없고 늘어진 모습을 보니 마음이 일순 짠해졌다.

뱀이든 사람이든 있을 자리에 있어야 한다. 제자리에 있지 않으면 이런 봉변을 당하는 것이다. 마당 잔디밭이나 뒤란 풀숲에 있었다면 좀 놀라기는 했겠지만 있을만한 자리에 있겠거니 하고 그냥 막대기로 쫓아내는 정도로 이 소동을 마무리했을지도 모를 일이다. 그러나 사람이 기거하는 공간으로 겁도 없이 찾아들었으니 이런 사단이 일어날 수밖에.

할아버지, 비닐봉지에 뱀을 넣어 달랑달랑 뒷짐 진 손에 들고 유유히 마당을 빠져나온다. 마당 안으로 진입도 못하고 벌벌 떨고 있는 나에게 할아버지 한마디 하신다.

"괜않타. 독 없는 화사花蛇다. 인자 괜찮으니 집에 들어가거라. 그라고 내년에는 울타리에 봉숭아 좀 심거라. 고게 해충이나 뱀도 쫓아준다 카더라."

이까짓 것 가지고 웬 호들갑이냐는 눈빛으로 할아버지는 오토

바이 손잡이에 비닐봉지를 걸고 다시 풍각으로 장 보러 가셨다.

분명히 그 징그러운 물건을 할아버지가 챙겨 떠났는데도 땅에 발 디딜 엄두조차 나질 않는다. 마당 평상 위에 한참을 쪼그리고 앉았다가 대구 집으로 돌아오고 말았다.

아! 아는 것이 병이 된다는 것이 이런 것인가 보다. 난생처음 뱀의 실체를 보고나니 구석구석이 다 무서웠다. 촌집에 뱀이 있을 수도 있겠거니 마음에 준비를 한 상태로 만난 것이 아니라 무장해제된 내게 불현듯 나타나 나를 놀래켰으니 뱀의 불찰도 크다. 알고 맞닥뜨리는 것하고 모르고 당한 것은 하늘과 땅 차이니까.

지난여름 처음 촌집에 갔을 때는 집주변이 온통 들이고 산이니 그저 그 푸른 초록에 흥감해 단 한 번도 뱀을 상상해 본 적이 없었다. 보질 못했으니 당연히 두려움도 없었고 마당에 수북한 잡초 사이로 쑥쑥 손을 집어넣고 두려움 없이 풀도 잘 뽑았다. 몰랐으니 용감했던 것이다.

그런데 이게 웬일이란 말인가. 도시로 피신해 있는 상황인데도 도시 오금을 펼 수가 없다. 어둑한 식탁 아래만 봐도 가슴이 철렁 내려앉고, 전깃줄만 봐도 기함을 하겠다. 아무리 마음을 다져 먹어도 이길 자신이 없다.

날이 갈수록 뱀을 실제로 만난 날보다 더한 공포가 온종일 나를 괴롭혔다. 낮이나 밤이나 뱀의 이동 경로를 혼자 추적해보고 이것이 어디로 해서 마당으로 들어와 현관까지 왔을까를 생각했다. 일하는 것보다 더 사람 진을 빼더니 며칠 새 홀쭉해졌다.

당장 눈앞에도 없는 뱀을 붙잡고 혼자 씨름하는 나를 보더니 남편이 한마디했다.

"군대 참호 안에서는 뱀하고 같이 자기도 했는데 뭘 그걸로 난리를 치노. 문방구 가서 모형 뱀 하나 사다 줄 테니 가지고 놀아. 그럼 적응이 될끼다. 그래도 무섭거들랑 뱀이 나라고 생각해. 당신 내게는 백전백승이잖아. 그럼 뱀을 이길 수 있을끼다." 이 말을 듣고도 군대 이야기는 다 거짓말이라는 눈빛으로 코대답도 않고 있으니 더 무시무시한 소리를 한다.

"오늘 잡힌 뱀 식구들이 며칠 있으면 그 뱀 찾으러 다 촌집으로 몰려들끼다."

나는 죽을 맛인데 식구들은 시골도 못 가고 벌벌 떨고 있는 나를 슬슬 즐기는 눈치다. 지금 당장 촌집에 할 일이 태산인데 무서워 걸음이 떨어지지 않으니 이 일을 어쩔 것인가? 적을 알아야 내가 이길 수 있다는 생각으로 그날부터 뱀에 대해 공부하기 시작했다.

뱀은 절대 혼자 땅을 팔 수 없다. 있는 공간에 몸을 숨긴다. 고로 집주변 돌 틈을 다 메워야 한다. 강한 냄새를 싫어하니 농약이

나 휘발유를 집주변에 뿌리라고 어른들께서 말씀하셨지만, 친환경적인 방법이 아니고 심각한 토양 오염이 우려되는 방법이라 내키지 않았다. 날카로운 소리에 예민하니 집 안팎으로 풍경을 달아 종소리가 나게 하라. 그리고 집주변에 뱀의 먹이들이 사라져야 뱀도 사라진다는 먹이사슬 차원의 충고도 잊지 않았다.

인터넷에 뱀 퇴치법이 무수히 많지만 다 사람에게 해로운 방법들이다. 시골 사람은 농약에 대해 무감한 편이라 가장 쉬운 방법으로 생각하고 뿌리는데 뱀은 확실히 퇴치되지만, 사람에게는 치명적인 일이다.

여러 방법을 간구하다가 바로 산 아래 사는 지슬할매의 참으로 친환경적인 퇴치 방법을 알게 되었다. 이것은 인터넷에서도 찾을 수 없는 지슬할매 만의 비법 정보다.

"미장원가서 머리카락 얻어와 집주변에 쪼매마 태우마 다시는 안 온다. 사람 노랑내가 짐승들이 가장 싫어하는 냄새다. 우예보마 뱀은 깨끗지. 인간이 더럽지. 뱀은 해코지 안 하마 지대로 있다가 간다. 멧돼지들도 머리냄새 나마 얼씬도 안한다카이 참 신통하제. 인간 냄새가 그래 무서븐기라."

"아이고 수악하게 징그럽기는 하지만 저도 살고 나도 살아야 할 거 아니가. 나만 살자고 저를 죽이마 되겠나."

아! 맞다. 지슬할매 말씀이 백 번 옳다. 방망이로 머리를 한 대

얻어맞은 기분이다. 똑같은 사태를 두고도 이렇게 달리 생각할 수 있다니. 나는 무조건 뱀을 내칠 궁리만 하며 혼자 두려워했고 지슬할매는 두루 같이 살아보자는 뜻이 깊다. 촌에 뿌리를 내리고 살려면 지슬할매의 저 무량한 마음 씀씀이를 배워야 하는데 나는 아직 갈 길이 구만 리다. 그래 모름지기 같이 살아야 더불어 행복해 질 수 있다. 나만 살자고 생각하는 순간 삶이 버거워지는 것은 정한 이치다.

현대인 마음속 방어 기제는 늘 나를 중심으로 돌아간다. 상대보다는 우선 나를 먼저 생각하다 보니 공격적인 방법을 쓰게 된다. 그간 나는 얼마나 어리석은 생각에 붙잡혀 스스로 두려움을 만들었던가? 나만 살겠다는 이기적인 생각에 사로잡혀 아무것도 아닌 뱀이 그렇게 두려웠던 것이다.

뱀의 입장에서 보면 내가 침입자일지도 모를 일이다. 전 주인이 주말에만 잠시 쉬고 가는 공간이라 풀이 우거지고 사람 체취가 없으니 동식물들은 자신들의 공간인 줄 착각했을 수도 있겠다.

생각이 여기에 이르니 며칠 동안의 두려움이 안개 걷히듯 말끔해졌다. 마음 한 번 달리 먹으니 이제 다시 만나더라도 놀라지 않을 자신이 생긴다. 집 앞 미장원에서 머리카락 한 봉지를 얻어 마당 구석에 갖다 놓으니 그것이 부적이라도 된 양 불안하던 마음이 일순 가라앉는다.

 다시 가을 햇살 아래 고두밥을 쪄 말리느라 분주히 마당을 오
간다. 머리카락을 태우지 않고 가져다만 놓았는데도 뱀은 다시
보이지 않는다. 날이 추워져 사라진지도 모르지만 집 주변 산이
나 들에 나랑 같은 공기와 햇살을 받으며 뱀도 잘 살아가고 있을
것이다. 겨울가고, 봄이 올 때까지.

헐티로 568*

　대구와 청도 사이에 헐티재가 있다. 갑갑한 도시에 이쪽과 걸림 없이 푸른 저쪽의 자연을 가르는 헐티재는 노루도 숨을 헐떡이며 넘나들었다는 곳이다. 힘겹게 가창 댐을 거슬러 올라가 보면 동제 미술관이 있고 조금 더 오르면 분교를 고쳐 만든 대구미술광장이 있다. 미술광장 마당에 선 조형물을 보고 다시 숨을 몰아쉬며 올라가면 미나리 향이 가득한 정대마을이 나온다. 산골짝에서 내려오는 맑은 물을 먹고 자란 미나리는 초봄에 그 맛이 절정에 이른다. 줄기째로 씹어 먹으면 아삭거리는 맛이 봄볕만큼이나 아찔하다. 이 마을을 지나 배롱나무숲을 지나면 구름도 손에 잡힐 것 같은 헐티재 정상이다.

　산이든, 사는 일이든, 오르는 일은 분명히 힘에 겹다. 자연 안에서 저절로 이루어지는 음식을 만들고자 다짐한 지난날은 매 순간 산을 오르듯 힘에 겨웠다. 숨이 찰 때도 있었고 걸려 넘어지기도 했다. 굽이굽이 산모퉁이를 돌다가 보면 앞이 전혀 보이지 않을 때도 있었고 무릎이 꺾이는 일도 허다했다. 그 막막함 앞에서 나는 여러 차례 겨울을 보냈다. 숨찬 겨울을 보내면서도 내가 꿈꾸던 일은 자연으로 가 둥지를 트는 일이었다. 늘 힘겨웠지만, 이 꿈을 곧장 내려놓을 수 없었던 이유는 한 고개만 넘으면 내가 꿈꾸던 숲과 바람, 맑은 공기와 햇살이 그곳에 있었기 때문이다.

그간 도시 안에서 음식을 껴안고 종종걸음을 쳤다. 찌고 말리고 다시 겨울이 되어 작업할 때까지 도시의 환경은 나의 음식에 여의찮은 공간이었다. 음식 재료를 구하기도 어려워 멀리 산천을 떠돌아다녀야 겨우 재료를 구할 수 있었다. 도시 안에서는 사람은 쉽게 만날 수 있어 다행이었지만 바람과 햇살은 그다지 내 음식에 흡족함을 주지 못했다.

도시와 외따로 떨어져 좀 외롭기는 하더라도 문만 열면 산과 들에서 나는 재료로 음식을 빚을 수 있다면 얼마나 좋을까 늘 꿈꾸던 바였다. 오랜 세월 품었던 열망이 나를 이곳 청도로 이끌었다.

헐티재 정상에 서서 발아래 떠다니는 구름을 본다. 힘들여 올라오니 정상의 바람이 더 시원하다. 막 장마가 끝나서 그런지 숲을 칭칭 감고 있는 비안개가 구름 사이로 분주히 오간다. 이제 내가 내려갈 청도 쪽을 바라보니 사람 사는 동리의 지붕들이 보이고 그 사이에 나의 작업실도 한눈에 보인다.

올라온 쪽의 바람과 내려갈 쪽의 바람이 확연히 다르다. 비슬산 기슭을 거슬러 올라오는 청도 쪽 바람이 맑고 달다. 마을 뒤로는 홍두깨 산이 있고 앞으로는 비슬산이 감싸고 있으니 분지처럼 폭 꺼진 동네는 비나 바람에도 안전해 보인다. 다문다문 집이 보이고 그 나머지는 전부 산과 들이다. 절정에 닿은 초록이 온통 마을을 감싸고 있다.

동네 옆으로는 작은 저수지도 하나 보이고 저수지 뚝방 길을 지나 산 아래로 돌아나가는 길은 산책길로 적당해 보인다. 집 주변 들판에는 이미 두 마디 이상 자란 벼들이 막 이삭을 피우기 시작했고 논두렁 아침이슬을 무릎으로 느끼며 음식도 장만하고 글도 쓸 수 있으니 이 아니 다행인가 싶다.

비슬산 허리를 돌아 헐티재를 내려간다. 오른쪽 기슭에 천년 고찰 용천사가 보인다. 절 입구에 옹기종기 할머니들이 난전을 펴고 앉아 있다.

"청도 복숭아, 감식초, 풋옥수수, 묵나물"

낡은 나무상자를 엎어 놓고 줄줄이 물건을 올려놨다. 나는 좋은 음식 재료가 있나 싶어 그곳을 그냥 지나치지 못한다. 참새 방앗간 들리듯 할머니 옆에 쭈그리고 앉아 이말 저말 할머니들 수다 속으로 젖어 들어간다.

자식 이야기, 젊은 날 고생한 이야기, 임도 보고 뽕도 따자며 난전에 나온 이야기, 듣고 있자니 고초당초보다 더 맵다. 시골 살림살이가 적적하기 짝이 없는데 그래도 푸성귀 좀 들고 난전에 나오면 사람도 만나고 군내 나는 입도 다실 수 있으니 더할 수 없이 좋다고 말한다.

할머니 심심하게 객을 기다리는 동안 노느니 염불한다고 고구마 줄기를 다듬는다. 고구마 줄기를 벗기고 있는 할머니 엄지에 까맣게 풀물이 올랐다. 세월이 고스란히 쌓인 손가락은 지문이 닳아 없어지고 깊게 균열이 갔다. 나는 말과 말 사이에 슬쩍 끼어 앉아 같이 고구마 줄기를 벗긴다. 할머니 늘 같이 다듬던 사람인 양 이물 없이 다리를 죽 뻗고 앉아 하던 이야기를 마저 한다. 그 이야기 맛이 단지 안에서 하나씩 꺼내 먹는 홍시처럼 달고 맛나다.

잠시 쪼그리고 앉아 있는데 내 코에 참으로 익숙한 향기가 전해진다. 알싸한 초피냄새. 뜨거운 추어탕을 먹을 때 국보다 먼저 코를 자극해 입 안 가득 침을 고이게 하는 초피. 그 냄새가 솔솔 코를 파고든다.

작은 소쿠리에 잘 익어 벌어진 초피가 소복이 담겨 있다. 씨는 까맣게 반질거리고 껍질은 단풍이 들어 날개처럼 펼쳐졌다. 검은 씨앗보다 우리가 정작 음식에 사용하는 것은 얇은 저 껍질이다.

예전에 엄마는 밥을 짓고 난 다음 달은 가마솥 뚜껑에 사기 밥그릇을 엎어 놓고 그 안에 초피껍질을 넣어 두면 아주 바싹거리며 괄아졌다.(아주 잘 마른상태) 다글다글 초피 껍질이 괄았을 때 콩콩 찧어 음식에 넣으면 알싸한 그 향기가 두 배로 더 강해졌다. 엄마는 귀찮다하여 빻아두고 쓰는 법은 없었다. 음식을 만들 때마다 진즉에 갈아 쓰는 초피가루는 요즘의 초피가루 맛과 하늘과 땅 차이였다.

비슬산 어느 기슭에 가면 할머니만 아는 곳에 초피나무 몇 그루가 숨어 있다고 한다. 해마다 그곳에 가서 따오는데 올해는 여름 내내 비가 오락가락하는 바람에 열매가 그다지 실하지 않다며 할머니가 아쉬워한다. 그래도 저절로 산 기운을 받아먹고 자란 초피라 그런지 그 향내가 시중에 파는 초피랑은 비교할 바가 아니다.

전통음식에 초피의 쓰임새는 무궁무진하다. 추어탕은 물론이고 겨울 동치미 국물에 몇 알갱이 넣어도 국물 맛이 싸하니 맛있다. 초피를 천일염에 넣고 곱게 빻아 고기를 구워 먹을 때 뿌리면 고기의 비린 맛이 일시에 가신다.

여름 한 철 초피 열매가 막 맺기 시작했을 때는 푸른 초피 잎과 아직 영글지 않은 열매까지 따서 장아찌를 담가도 좋다. 장아찌는 담가 두면 사철 먹을 수 있는데 주로 고기 요리할 때 같이 먹으면 음식 궁합이 제법 맞다.

초피 한 봉지 가방에 넣고 다시 길을 내려온다. 비슬문화촌을 지나 풍년 떡집 삼거리에 오면 거의 산을 다 내려와 평지에 이른다. 들판을 가로질러 조금만 내려가면 군불로 찜질방과 최복호 패션갤러리 입구가 보인다. 이 갤러리를 넘어가면 전유성의 코미디 극장이 있다.

갤러리와 코미디 극장을 잇는 소담한 산길이 있는데 이 길이 '몰래 길'이다. 반 정도는 포장 도로고 반 정도는 아직 임도인 상태로 있어 걷는 내내 흙을 밟을 수 있어 그만인 길이다. 숲이 우거져 한적한 길이니 누구랑 와도 숲의 푸근함을 한껏 즐길 수 있다.

이렇게 헐티재를 완전히 넘어 산을 다 내려온 동네에 내 작업실이 있다. 대구에서는 30분 거리다. 작은 마당에 붉은 벽돌집이다. 그다지 넓지 않은 집인데 내가 작업하기에는 딱 알맞은 공간이다.

일생 마당에 장독대 하나 갖는 것이 나의 큰 소망이었다. 낮게

담을 쌓고 기와를 올려 둘레를 만들고 그 안에 장독을 보관하고 싶었다. 장독에도 바람과 햇살이 수시로 넘나들 수 있게 만들어야 음식이 제대로 익는다. 좋은 물로 장을 담그는 것이야 사람이 할 수 있는 일이지만 그 이후에 음식을 빚는 것은 자연이다. 비와 바람, 더위와 추위, 적당한 햇살이 음식 맛을 오묘하게 만들어 내는 조건이다. 이것이 발효음식의 보이지 않는 비법이기도 하다. 사람의 손으로 어떻게 할 수 없는 부분, 이 부분을 맑고 깨끗한 자연에 맡기고 묵묵히 시간을 기다려주면 음식은 저절로 익게 마련이다. 계절이 장독을 들락거리다 보면 누구도 흉내 낼 수 없는 나만의 음식이 탄생하는 것이다.

넓은 옥상에 올라가 채반을 널어 바람을 쐰다. 여름 장마에 혹 습기라도 찼나 싶어 구석구석 털고 말린다. 집 뒤 홍두깨 산에서 불어오는 바람이 무척 시원하다. 고두밥을 쪄서 말리기에 딱 좋은 바람이다. 해마다 음식을 말려 보면 보통 볕에 마르는 것보다 바람에 더 잘 마른다. 볕은 음식을 소독해 주는 역할을 하고 바람은 음식 사이사이에 수분을 거둬가는 역할을 한다. 그러니 볕보다는 바람이 잘 쳐야 음식이 고루 잘 마른다. 건조기나 밀폐된 공간에서 억지로 재료를 말려 음식을 만들어 보면 맛도, 태깔도 제대로 나지 않는다. 볕에 잘 말린 고두밥을 볶아보면 꽃처럼 잘도 튄다. 참 신비한 일이다.

올겨울 강정할 재료는 햇곡식이 나오면 장만하고 지금은 부각 재료를 마련해둬야 하는 철이다. 채 익지 않은 들깨 숭어리, 모래땅에서 자란 연한 우엉 뿌리, 질기고 까만 햇김, 찹쌀밥을 바른 다시마, 애기 고추, 찹쌀 풀 바른 당근, 고구마, 감자, 이 모든 재료를 깨끗이 장만해 처마 밑 바람 잘 통하는 곳에 걸어둬야 겨우내 이것으로 음식을 만든다.

찹쌀이 잘 마르면 가볍고 곱게 인다. 부각은 하는 과정이 복잡하고 힘든 만큼 장만해두면 겨울 내내 식탁을 풍요롭게 만드는 일등 반찬이다.

부각할 재료를 채반에 골고루 널어놓고 마당으로 내려온다. 마당에 서서 멀리 내가 넘어온 헐티재를 올려다본다. 굽이굽이 높은 봉우리에 구름이 넘어가고 있다. 이제부터 저 구름처럼 하루에 한 번은 헐티재를 넘나들어야 한다. 힘들고 숨이 차더라도 부지런히 넘어야 제대로 된 음식을 장만할 수 있지 않을까?

살다보면 오르막과 내리막이 번갈아가며 찾아온다. 가만 생각해 보면 사는 일이 이 두 구비를 넘나드는 것 말고 뭐가 더 있을까 싶다. 이 구비를 힘들다 여기지 말고 넘다가 보면 분명 가 닿는 곳이 있을 것이다. 그곳이 꼭 내가 닿고자 열망한 곳이 아니더라도 제대로 된 음식을 향해가는 한 고개라 여기며 묵묵히 걸어 갈 것이다.

"헐티로 568"

새로운 내 작업실 대문에 붙은 주소다. 새 둥지에서 매일 산을 오르고 들길을 걸으며 생산해내는 나의 글과 음식은 아마도 따로 애쓰지 않아도 초록을 띠지 않을까 싶다.

* 헐티로 568 - 경북 청도군 각북면에 있는 지명

논배미에 물을 빼면

논물을 빼면 가을이 온다.

익을 대로 익어 고개를 숙인 나락 사이로 물꼬를 내려 오늘도 아재는 작은 가래를 어깨에 얹고 들로 나선다. 논두렁의 풀들이 제 빛을 잃고 모두 쓰러졌다. 여름내 왕성하던 기운이 한순간 풀기를 잃었다. 날렵하게 튀어 다니던 녹색의 메뚜기들도 누르스름하니 힘이 빠졌다. 익은 나락의 발치에 물꼬를 내줘야 벼 이삭이 제대로 알이 찬다. 잘 여물어야 하는 벼도 벼지만 논바닥에 물이 빠져야 나락 거둘 때 발이 질척이지 않는다. 이차저차 논배미에 물을 빼는 날은 덩달아 나도 신이 나는 날이다.

낡은 군용점퍼를 입고 아재 앞서 가신다. 말아 올린 바지 아래 드러난 다리는 구릿빛이다. 뒤도 안돌아보고 걸어가는 아재의 발걸음을 따라 나는 빈 양은주전자를 들고 따라나선다.

"묵고 죽은 귀신은 때깔도 좋은 것이여. 염천에 흘린 땀을 이제 거둬 들이야제. 가야 잘 따라 오니래이. 미꾸리 잡아 추어탕 한 솥 끼리 묵어보자."

성큼 앞서 간 아재는 논배미 옆 봇도랑부터 도구를 친다. 물 빠진 도랑의 흙을 한 삽씩 떠 논두렁 위에 척 올려놓으면 쪼대흙(진흙) 사이로 누런 미꾸리들이 꿈틀거린다. 여름내 살이 오를 대로 올라 배는 황금빛이다. 겨울 동면에 들기 위해 몸 안에 에너지를 가득 비축해 둔 미꾸리들은 힘이 얼마나 센지 한 손으로는 잡을 수 없다. 양손을 모아 쥐고 잡아야 겨우 잡을 수 있다. 주전자 밖으로 나올 것처럼 튀어 오른다. 빈 양은주전자에 나는 열심히 미꾸리를 잡아넣는다. 미끈거리며 내 손을 빠져 달아나는 놈도 있고 주전자 안으로 던져진 놈은 무쇠 솥에 콩 튀듯 요란스럽기 짝이 없다. 타당당 양은주전자가 미꾸리 때문에 신나게 운다.

아재는 논바닥에도 길게 도구를 친다. 흙과 한 몸인 듯 숨어 있던 미꾸리들이 아재의 삽질에 깜짝 놀라 논두렁 밖으로 튀어 나온다. 미꾸리를 잡다가 도구 안 친 논바닥을 가만 들여다보면 동그란 구멍들이 제법 보인다. 어른 손톱만한 구멍이 논바닥 곳곳에 널려 있다. 그곳을 세배하듯 손을 모아 파보면 어김없이 미꾸리가 숨어 있다. 세월없이 파다 보면 가끔은 논고동도 더러 나온다. 통통히 살이 오른 미꾸리 못지않게 논고동도 오동통 알이 찼다. 끝없이 흙을 갈아엎던 아재가 허리를 펴고 먼 산을 바라본다. 멀리 가을 철새 떼 한 무리 지나간다.

"가야 주전자 한번 들어봐라." 앞서 도구를 쳐 나가던 아재가 말한다.

내가 엉덩이를 뒤로 빼고 겨우 주전자를 들어 올리면 아재는 고마 됐다는 표정으로 삽질하던 손을 멈추고 밭으로 올라간다. 미꾸리 잡는 일에 신이 난 나는 밭으로 올라가는 아재에게

"아재 쪼매마 더 잡지요?"하면

"고마 됐다. 쪼매 남기나야 또 씨가 될꺼 아이가?"

맞다. 곡식만 씨를 뿌리는 것이 아니다. 세상만사 조금 남겨둬야 그게 씨가 되어 후년을 기약할 수 있는 것이다.

가다 밭 두덩에 심어 놓은 호박잎 몇 장 따고 애기 주먹만한 애호박도 망태기에 따 담는다.

집으로 돌아오는 길, 아재는 가벼운 망태기는 내 손에 들리고 무거운 주전자는 가래 자루 끝에 걸쳐 어깨에 멘 채 앞서 걸어가신다.

집에 오면, 아재 집 마당에는 솥 가득 물이 끓고 있다. 수돗가에서 미꾸리들 몸에 묻은 진흙을 씻어내고 다시 해금을 시킨다.

아궁이 안에 재를 꺼내 한숨 식힌 후 식힌 재 한 줌을 미꾸리 몸에 뿌리고 그 위에 소금을 뿌린다.

"초 새우요, 불 본 토끼요, 소금 친 미꾸리"라는 옛말처럼 양동이 안은 금방 난리법석이 난다. 이때 아재는 호박잎으로 몸부림치는 이놈들의 몸을 박박 문지른다. 문지른 후 물로 헹궈내면 끈끈한 진액이 물과 함께 쏟아진다.

끓는 물에 배추 시래기를 삶고 그 물에 토란 대도 껍질을 벗겨 데쳐놓는다. 한참을 토란 대를 까고 나면 손톱 밑에 까만 풀물이 오른다. 봄날에 뜯어 놓은 고사리도 있으면 한줌 뜨거운 물에 불려 놓고, 미꾸리를 솥에 넣는다. 그런 다음 아궁이에는 장작 몇 개 더 얹어 놓는다.

한소끔 끓고 나면 누렇던 미꾸리가 허옇게 떠오른다. 떠오른 미꾸리를 건져 체에 거른다. 착착 주걱으로 살을 으깨 체를 물에 흔들면 살은 다 빠져나가고 뼈만 앙상하게 남는다.

이렇게 마련한 미꾸리 물에 된장과 고추장을 한술씩 풀고 삶아 놓은 시래기와 머위대, 토란, 고사리를 넣고 아궁이에 불을 한껏 지핀다. 금방 국솥이 끓어오른다. 된장과 고추장이 저절로 풀어지며 야채들이 어우러져 맛있는 냄새가 동네를 덮는다. 어지간히 끓었다 싶으면 다진 고추, 대파, 생강, 마늘, 초피가루 등을 넣고 김이 무럭무럭 피어오를 때까지 끓이다가 집 간장으로 간만 보면 그만이다. 그리고 추어탕이 담긴 국그릇에 방아 잎을 몇 장 올리기만 하면 그 맛이 기가 막히다.

국솥에 넣지 않고 몇 마리 남겨둔 미꾸리는 잿불에 구워 침 많이 흘리는 조카에게 먹이고 그 나머지는 프라이팬에 자작하니 구워 고추장 양념을 위에 뿌려 도리뱅뱅이를 해 먹는다.

"가야 동네 어르신들 좀 모시고 오니래이. 음석은 둘러 먹어야 제맛인기라."

마당가에 어스름이 내리면 평상위에 봉산댁, 구산댁, 석자엄마 아재 친구들이 하나 둘 모여들고 와자하니 추어탕 앞에 둘러 앉는다. 올 때 누구는 막걸리를, 누구는 얼추 익은 열무김치를 한 보시기씩 들고 나타난다. 제법 소슬한 바람이 부는 마당에 앉아 먹는 추어탕 맛은 별미 중의 별미다. 뜨끈한 추어탕 국물에 막걸리 한 사발씩 들이키고 나면 세상 부러울 것이 없어진다.

뜨거운 추어탕을 맛나게 먹는 법은 국물에 살짝 익은 방아 잎부터 먼저 먹어본다. 화한 향기가 입안 가득 번지며 서서히 식욕이 인다. 방아 잎과 야채 건더기부터 건져 먹고 거기다 햅쌀밥 한 그릇을 만다. 제피가루가 들어간 국물은 혀 아래 알싸한 침을 고이게 하고 쫀득한 햅쌀밥이 국물과 어우러져 입에 들어가기가 무섭게 목으로 넘어가 버린다.

저녁 어스름이 내리는 마당에서 구수한 추어탕의 냄새와 어르신들의 맛깔스러운 입담에 시간이 노 나는지도 모르던 유년시절이었다.

이제는 미꾸라지는 있어도 미꾸리는 만나기 어려운 세상이 됐다. 아재도, 평상 위에 앉아 계시던 어르신들도, 다 저세상으로 떠나고 없다. 그분들을 이제 뵐 수 없듯이 제대로 된 추어탕 만나기도 하늘의 별 따기다.

곳곳에 농약이 범람하고 흙조차 오염되고 보니 미꾸리들의 서식처가 사라지고 없다. 미꾸리가 사라지니 너나없이 미꾸라지를 양식하고 수입까지 한다. 그러다 보니 제 맛을 내는 추어탕도 사라진 지 오래다. 별다른 양념 없이도 혀끝에 감기던 국물 맛이 이제는 어디에서도 찾아볼 수 없는 세상이 되고 말았다.

그래도 예전 맛과 흡사한 맛을 내는 곳이 딱 한 곳 남아 있다. 추어탕은 찬바람이 불기 시작하는 초가을부터 제맛을 내기 시작한다. 달리 추어탕이겠는가? 추어鰍魚의 미꾸라지 '추鰍'는 고기 '어魚'자와 가을 '추秋'자가 합쳐져 이루어진 글자다. 말 그대로 '가을에 먹는 고기'이며 미꾸라지 추鰍자 한 글자만 풀어보아도 추어탕이 왜 가을철을 대표하는 음식인지 알게 된다. 소슬바람이 불고 등짝에 으슬으슬 한기가 드는 날은 팔조령을 넘어 청도역 앞에 가 볼 일이다.

그곳에 가면 일 년 내내 설설 끓어오르며 흰 김을 토해내는 국솥이 있다. 청도 유천에서 잡은 잡어와 미꾸리를 함께 섞어 끓이는 추어탕인데 시내 어디에서도 맛볼 수 없는 진한 국물 맛이 이곳에 있다. 뚝배기에 코를 박고 더운 국물을 먹고 있다가 보면 할머니의 걸쭉한 입담과 시골 사람들의 재미난 이야기가 양념처럼 곁들여진다. 국물은 예전의 그 맛이 아닐지라도 구수한 이야기 맛에 나는 거뜬히 국 한 그릇을 다 비운다.

가을은 기운을 수습하는 계절이다. 여름내 밖으로만 향하던 기운을 안으로 잘 갈무리 해둬야 겨울을 무사히 날 수 있다. 유난히 여름 더위를 못 견디는 나는 묘하게도 찬바람과 함께 입맛이 돌기 시작한다. 가을 첫 입맛을 돌게 하는 것이 바로 추어탕이다. 추어탕만 생각하면 아재가 같이 떠오르지만, 이제는 볼 수도 갈 수도 없는 세월이 되고 말았다. 늦가을 풋 추위에 따끈한 추어탕 한 그릇은 내게는 열 보약 부럽지 않은 약藥이다.

겨울 찬饌

목단 꽃 이불 아래 온 식구가 부챗살처럼 발을 묻고 누웠으면 겨울이 깊을 대로 깊었다. 옹기종기 서로 살을 비비며 때로는 아랫목을 차지하겠다고 몸싸움을 하며 우리는 긴긴 겨울을 났다. 칠 남매 막내인 나는 언니들 하는 양을 지켜보며 오늘은 무슨 주전부리가 생길까 은근히 기대하고는 했다. 능금나무 가지 사이로 무성하던 이파리들이 사라지고 동구 밖이 훤히 내다보이면 겨울은 이미 반이나 지난 때였다.

능금나무에 달이 걸리는 밤, 엄마는 무명실로 얼기설기 짠 깨진 바가지 하나 들고 과수원으로 갔다. 과수원 고방에는 사계절 내내 만물 곡식으로만 만들어 놓은 주전부리가 그득했다. 그런데 그 고방에는 엄마 아니고는 누구도 들어갈 수 없었다. 엄마는 숨기는 재주가 얼마나 좋으신지 아무도 엄마가 숨겨놓은 주전부리를 쉽게 찾아내지 못했다. 가끔 큰언니가 고방 출입을 시도해보기도 했지만 수월한 일이 아니었다. 돌돌 만 멍석 사이에, 빈 옹기 안에, 쓰다만 비닐포대 안에, 엄마만이 아는 비밀 장소는 무궁무진했다. 그 장소는 수시로 바뀌었고 주전부리도 여기서 저기로 순간 이동을 했다. 식구는 많고 먹을거리는 적던 시절에 엄마만이 할 수 있는 유일한 저장 방법이었다. 입 다실 식구가 어디 한둘이던가? 그 많은 식구를 갈무리하기 위한 엄마만의 방식이었다.

돌아온 엄마 바가지 안에는 실금이 툭툭 간 국광 몇 알, 말린 감 말랭이, 생고구마, 쫀득하니 진이 난 개암, 배추뿌리가 들어 있고 다른 손에는 양은 주전자에 사과나무 발치에서 퍼 온 과일주와 살얼음이 앉은 감주가 있었다.

방문을 밀고 들어선 엄마 몸에서는 찬 바깥 공기와 사과 향이 섞여 묘한 냄새가 났다. 나는 엄마 몸에서 나는 그 시원한 냄새가 그렇게 좋을 수 없었다. 과일주는 늘 아버지 몫이었고 우리는 얼음 낀 달달한 감주 맛에 혀가 한없이 행복했다.

이렇게 주전부리를 갖다 주며 엄마가 입버릇처럼 하시던 말이 있다.

"단지 이 뿐이다. 인자 다 묵고 엄따."

없다던 것이 그 다음날도 또 다음날도 요술 바가지처럼 자꾸만 나왔다. 어린 나는 엄마의 손끝이 신비하기만 했다.

그 시절 주전부리보다 더 중한 것은 밥반찬이었다. 긴긴 겨울을 무사히 건너기 위해서는 엄마 표 겨울 찬饌이 꼭 필요했다. 가을볕이 따끈하게 좋은 날은 부각을 만들었다. 가을바람은 습기를 거둬가는 바람이라 한 이틀만 말려도 맛좋은 부각을 완성할 수 있었다.

우선 푸르고 실한 깨 순을 따 모은다. 엉성하게 달린 대궁은 남겨 들깨로 털고 푸른 깨 순은 부각을 만든다. 덜 익은 깨알이 애벌레처럼 들어앉은 깨 순에 찹쌀 풀을 바른다. 풀물은 찹쌀을 하루 정도 불려뒀다 갈아와 끓이는데 너무 되직해도 안 되고 묽어도 못쓴다. 휘휘 젓는 주걱에 적당히 감겨 올라붙을 정도로 끓여야 부각재료에 옷이 잘 입는다. 주걱을 들어 올렸을 때 적당한 속도로 흘러내리면 안성맞춤이다.

다시마는 마른행주로 깨끗이 닦아 가위로 바둑판 모양으로 잘라놓는다. 그런 다음 자작하니 찹쌀밥을 짓는다. 약간 질게 밥을 지어야 다시마에 잘 붙는다. 따뜻할 때 다시마에 붙여야 밥풀 옷이 잘 붙는다.

고추는 반드시 반으로 잘라야 한다. 작은 애기고추를 통째로 하려면 바늘구멍을 내야 튀길 때 안전하다. 자른 고추에 찹쌀가루를 다복다복 묻혀 김 오르는 채반에 살짝 찐다. 얼추 찹쌀가루가 익었다 싶으면 그 위에 마른 가루를 한 번 더 뿌려 옷을 실하게 입힌다. 그런 다음 낱낱이 펴 말린다.

김은 한 장에다 찹쌀 풀을 바른 후 다시 한 장을 겹쳐 포갠다. 그런 다음 다시 찹쌀 풀을 바르고 그 위에 통깨와 잣으로 마무리한다.

이렇게 말린 부각을 잘 보관해뒀다가 겨우내 찬이 마땅치 않을 때 꺼내 튀겨먹으면 겨울식탁이 풍성해진다. 영양이 부족한 예전에야 기름 든 음식이 별반 없던 터라 부각 한쪽으로도 충분히 영양을 고루 섭취할 수 있었다.

찹쌀 풀을 바른 것은 부각이라 하고 그냥 말려 튀긴 것은 튀각이다. 단 엿물을 입힌 것은 당각이고 간이나 양념을 한 것은 자반이라 불렀다.

재료는 하나인데 엄마는 이렇게 여러 방법의 부각을 우리에게 만들어 먹였다.

이렇게 부각을 다 해 놓고 나면 곧 짠지를 만든다. 경상도식 배추 말랭이 김치다. 무말랭이 김치야 많이들 하지만 곧 짠지는 엄마만의 귀한 음식이다.

알배기 통배추 말고 약간 벌어져 소갈머리가 다 보이는 쌈 배추를 따로 모아 지붕 위에 널어 말린다. 한 며칠 새벽 된서리도 맞고 겨울바람에 녹았다 말랐다 하면 그때 지붕에서 내려 김치를 담는다. 이 배추의 특징은 염장하지 않는 것이다. 바람에 거풍을 한 다음이라 그냥 김치를 담가도 별 무리가 없다. 소금 간하지 않고 말린 배추줄기는 김치를 담가 봐도 씹히는 식감이 남달랐다.

곤 짠지 안에는 마른오징어도 물에 불려 살살 찢어 넣고 마른 황태 채도 곁들인다. 혹 말려둔 고춧잎이라도 있으면 불려 한 줌 넣고 소금에 삭힌 청양초도 몇 개 넣는다. 찹쌀 풀을 되게 쑤어 잘박하게 양념을 한 다음 꼭꼭 눌러 옹기단지에 담아두면 해산물과 야채가 만난 말 그대로 영양식이었다.

엄마가 늘 곤 짠지를 담아두던 옹기단지는 물결무늬가 그려진 옹기였는데 우리는 그 단지를 '오그랑 단지'라고 불렀다.

곤 짠지는 물기 없는 밑반찬이라 봄이 다와도 쉬이 시어지지 않았다. 초겨울에 담았던 그 맛 그대로 봄까지 맛있게 먹을 수 있는 유일한 반찬이었다.

또 봄까지 먹을 수 있는 반찬이 하나 더 있었다. 여름에 보리 타작을 하고 나면 등겨를 잘 반죽해 동그랗게 말아 짚불에 구워 처마에 매달아두면 유황색 꽃이 핀다. 바람과 볕에 발효되며 피는 꽃은 메주에 피는 꽃과 사뭇 달랐다. 잘 뜬 보리등겨를 우리

경상도 말로는 "깨주매이"라고 했다.

　잘 뜬 보리등겨로 만든 음식이 시금장이다. 여름에는 보리밥을 지어 시금장 가루에 섞어 금방 밥 짓고 난 무쇠 솥에 넣어두면 뜨뜻한 무쇠 솥 온도에 시금장이 잘 삭았다. 보리 알갱이가 다 삭아 보이지 않으면 매운 청양 초를 잘게 썰어 넣고 소금으로 간을 한다. 가을 시금장은 메주 끓인 콩물을 붓고 무말랭이도 넣어 겨우내 삭히면 꽃 피는 봄까지 맛있게 먹을 수 있었다.

　토실한 가을배추로 김장해 놓고 메주까지 끓이고 나면 몸도 마음도 든든한 겨울을 맞을 수 있었다. 제비 같은 자식 데리고 겨울 한 철을 무사히 나기 위해 엄마는 사철 얼마나 많은 시간을 음식 생각으로 하루를 보내셨을까? 과수원 고방 안, 묵은 고구마 위에 새순이 올라오고 엄마가 곳곳에 숨겨 둔 겨울 찬饌이 바닥이 날 즈음이면 봄이 코앞으로 다가온다. 앞산에 얼음이 녹고 다시 산천에 꽃이 피기 시작하면 엄마는 다시 고방을 채우기 위해 하루해가 바쁘다.

　이제는 저 세상에서 누구를 거둬 먹이려 종종걸음을 치시는지. 자식 손 놓고 떠나신지 달포도 안됐는데 겨울 찬饌만 보면 후두두 눈물부터 쏟아진다.

애간장

깨 모종을 내려고 옥상 계단 아래서 비닐을 꺼내자 마른 풀 뭉치와 함께 후두두 떨어지는 하얀 알. 엉겁결에 손으로 받았지만 두 알은 딸기밭 아래 떨어져 깨져 버렸다. 이 일을 어쩌누 마음은 두 방망이질을 하고 쏟은 물 사발을 쓸어 담듯 풀 뭉치 속으로 남은 알을 밀어 넣는다. 다독다독 스스로 감쪽같다 여기며 뛰는 가슴을 진정시켜 보지만 허사다. 일주일 내내 사람 기척이 없다보니 여기저기 제집인 양 둥지를 튼 모양이다. 여차저차 서로 몰라 일어난 일인데도 마음은 무겁다.

처음 있던 자리에 맞춤하게 밀어 넣고 돌아서는데 뒷머리가 당긴다. 누가 나를 째려보고 있는 느낌이다. 감나무집 전깃줄에서 격하게 우리 마당으로 날아드는 새 한 마리, 사선으로 마당을 가로지르나 싶더니 다시 솟구쳐 오른다. 날아올랐다 견딜 수 없는 듯 다시 옥상 계단 위를 한 바퀴 돌아서 감 나무집으로 날아간다. 잠시 가뭇없이 사라지나 싶더니 그새 두 마리가 날아와 어지럽게 마당을 난다.

속사정이야 어찌 되었건 내 불찰이니 자리를 피해 주는 것이 상책이다 싶어 방으로 들어와 문틈으로 밖을 내다본다. 한참을 날던 새가 대문 앞 전깃줄에 앉았다. 깃털 아래 부리를 묻고 한참을 재재거리면서도 섣불리 둥지 쪽으로 날아오지는 못한다. 그저 먼발치에서 애간장 녹는 재재거림만 요란스럽다. 아! 미안하고 미안해라. 안타까운 마음에 조심성 없이 비닐을 빼 든 시간으로 되돌아가고 싶은 심정이다.

둥지 하나에 두 시선이 애간장을 끓이며 쳐다보고 있다. 살뜰히 지키지 못한 어미 새의 눈길과 부디 남은 알이라도 무사히 어미가 거두기를 바라는 애타는 눈길이다.

사람 손이 탔나 싶으면 남은 알도 돌보지 않을까 문틈에서 눈을 뗄 수가 없다. 종종걸음을 치며 보고 또 봐도 미안한 마음이 쉬이 숙지지 않는다. 뒷산 초록이 뒤란까지 내려왔다. 속사정 모르는 뻐꾸기는 물색없이 울어대고 둥지 하나를 두고 두 간장肝腸이 타는 여름 오후다.

눈빛승마*

두 번은 없다. 어제의 하루가 오늘의 하루일 수 없고 오늘이 내일의 하루와 다르기 때문이다. 지나간 날과 다가올 날이 같았던 적은 단 한 번도 없다. 지금도 그렇고 앞으로도 그럴 것이다. 아쉽다 하여 되돌아갈 수도 없고 궁금하다 하여 앞당겨 살 수도 없듯이 그저 지금 눈앞의 하루가 내게는 보물이다.

꽃도 사람도 두고 머무르는 법이 없다. 필 때 피고 제 기운 다하면 총총 떠나간다. 만화방창 흐드러져 무성할 때 꽃들을 수습해 두어야 그나마 오래 내 곁에 머문다. 다가올 때 거두어야지 때를 놓치고 아쉬워한들 한겨울에 어찌 꽃을 만날 수 있으리. 백설 난분분할 때 눈빛승마를 만나기 위해 나는 여름 산으로 꽃 탁발을 나선다.

우기의 숲은 축축하고 깊다. 숲 밖의 땡볕이 무색할 정도로 어둡고 서늘하다. 초록이 짙어지면 검정에 가까워진다는 사실을 여름 숲에서 깨닫는다. 갖은 넝쿨이 나뭇가지를 덮고 음습한 숲 안에는 비릿한 풋내 가득하다. 긴 작대기로 풀을 눕히고 숲의 내부로 들어간다. 거미줄이 목을 감을 때도 있고 넝쿨이 발목을 잡을 때도 있다. 하지만 왕성한 초록의 중심에 서면 온몸에 감겨오는 푸른 기운이 심장 박동을 빨라지게 한다. 어디서 비롯된 힘인지 그 순간 그득해진다.

숲은 늘 그곳에 그대로 있는데 드나드는 사람과 초록 식물들만 철철이 달라진다. 봄에 꽃이 지고 나면 금방 잎이 무성해진다. 봄꽃은 숲이 성근 탓에 땅 가까이에서 피어나지만 여름 꽃은 무성한 숲 사이에서 꽃을 피우려니 제 키를 키우는 수밖에 없다. 그래서 여름 꽃은 다들 키가 크다.

얼마나 걸었는지 깜깜한 초록 숲 저 너머에 흰 눈빛승마 흔들거린다. 긴 대궁 끝에 촘촘히 달린 꽃들이 여름 밤하늘에 무수히 반짝이는 별 같다. 전체를 보면 한 숭어리 같지만 가까이 가서 보면 자잘한 꽃이 수없이 모여 있다. 이파리는 톱니처럼 깃꼴 겹잎이다. 암수 딴 그루로 피는 눈빛승마는 겹겹이 뭉쳐 핀 모습이 마치 눈이 쌓인 것처럼 탐스러워 보인다.

가져간 종이 통에 꽃을 따 모은다. 자잘한 흰 꽃은 아무리 따 모아도 한 줌도 안 된다. 혹여 상처나 입을까 싶어 조심스레 꽃을 만진다. 여기저기 딴 그루로 옮겨 다니며 눈빛승마를 모은다. 한 줌 꽃을 얻기 위해 움직이는 내 모습이 마치 꿀벌 같다. 흘린 땀의 양과 마신 물의 양이 거의 비슷해지는 순간 산에서 내려온다. 귀한 것은 소중한 것이다. 소중한 것은 아끼고 돌봐야 또 이듬해를 기약할 수 있다. 취하고 버리고 다시 자제해야 산과 함께 공생할 수 있다.

집에 내려와 따끈하게 솥을 데운다. 솥 데우는 사이 소쿠리에 꽃을 부어 벌레가 기어나가길 기다린다. 팔을 무릎에 걸치고 잠시 손 놓고 벌레들의 모습을 본다. 벌써 해는 은행나무에 걸렸고 바람은 시원해졌다. 자잘한 뭇 벌레들이 잰걸음으로 서둘러 꽃을 떠난다. 향기로운 꽃 향에 취해 있다가 스스로 위험을 감지했는지 달콤함을 버리고 순순히 떠난다. 그 모습이 사람보다 낫다. 미물이지만 때맞춰 버릴 줄 아는 용기가 기특해 보인다.

꽃이야 뜨거운 솥에 들어가 덖어지면 다시 향기로운 차로 부활하지만 벌레는 어디 그렇던가. 목숨을 다할 수도 있으니 그들의 탈출을 한참 동안 지켜보며 기다린다. 손바닥을 솥 위에 우산처럼 펼쳐 솥 온도를 느끼며 천천히, 아주 천천히 기어나가는 벌레들을 본다.

꽃만 남은 소쿠리를 솥에 붓고 바람보다 빠르게 수분을 날린다. 눈빛승마의 흰색을 고스란히 지키기 위해 재빠르게 장만해 찬바람을 쐰다. 다시 솥에 넣고 마지막 남은 한 점 수분까지 날리고 나면 한겨울에 다시 피어날 눈빛승마가 완성된다.

눈빛승마는 흑미와 썩 잘 어울린다. 고두밥을 찌고 다시 말려 볶은 쌀강정에 눈빛승마의 흰 꽃잎을 흩뿌리면 한 겨울에 여름꽃이 눈송이처럼 피어난다. 꽃과 강정이 어우러지면 눈이 먼저 호사를 누린다. 눈만 즐거운 것이 아니라 고소한 흑미와 적당히 발효된 꽃차의 향이 어우러지면 강정의 맛이 배로 늘어난다. 검은 바탕에 흰 꽃, 다시 그 꽃의 배경에는 초록의 정과를 뿌려주면 강정 위에서 한 폭의 그림이 완성된다. 한여름 자연에서 얻은 재료가 눈 내리는 겨울 음식과 함께 풍경이 되는 이 작업은 충분히 나를 설레게 한다.

음식은 먹어 맛이기도 하지만 장만하는 과정에서 느껴지는 이런 생소한 즐거움이 나를 더 매료시키는지 모른다. 현장에 가서 음식재료를 채취하고 다시 장만해 음식으로 완성되기까지는 사계절이 고스란히 지나가야 가능한 일이다. 시간이 전제되지 않고는 불가능한 채집음식을 빚으며 나는 음식 만드는 일 틈틈이 계절과 충분히 교감한다. 음식을 만지며 자연과 함께 하다 보면 단 하루도 같은 날은 없다. 매번 다른 자연의 모습에 그저 순응

하는 일 말고는 내가 할 일이 따로 없다.

그래서 나의 하루는 지금 당장 눈앞의 시간이 귀중한 것이다. 아침에 일어나 내 앞에 주어진 일을 충실히 하다 보면 여름 가고 가을이 와 있다. 때맞춰 꽃을 따고, 곡식을 말리고, 오가는 비와 바람을 맞이하다 보면 언제 세월이 갔는지 금방 겨울이다. 눈발이 날리면 나는 또 분주해지겠지. 눈보다 더 흰 눈빛승마를 한겨울에 다시 피워내며 강정 위에다 나만의 그림을 그릴 것이다. 깊고 깊은 겨울밤에.

* 눈빛승마 - 미나리아재빗과에 속한 여러해살이풀

은월당隱月堂

보름은 멀었고 삼월 초이레 달빛은 아직 반쪽이다. 차밭에서 선장마을로 오르는 길은 가파르다 못해 멀다. 저녁 어스름 따라 골목을 돌고 층층이 배 밭을 지나고 나서야 은월에 닿았다. 오르기는 힘들어도 올라보니 작은 산비탈에 오밀조밀 머리 맞댄 지붕이 참으로 정겹다. 배꽃은 이미지고 매실은 구슬만 해졌다. 꽃 진자리에 씨알이 맺힌 걸 보니 딱 솎음할 철이다. 가지마다 일일이 손길 가야 하니 뒷산 뻐꾸기 손이라도 빌려야 할 판이다. 해거름이지만 농부님 땀내가 밭고랑에 흥건하다. 비가 잦은 탓인지 웃자란 초록이 그새 많이 짙어졌다. 늘 그러하듯 산과 들이 그곳에 있고 순한 사람이 사는 동리의 맨 끝에 은월이 숨어있다.

일상다반사로부터 한발 떨어져 있으니 호젓하고 가뿐하겠다.

비탈 언덕 위에 앉은 집은 아래서 올려다보니 작은 요새 같다. 낮은 추녀를 감싸고 둘러쳐진 흰 차양은 멀리서 보니 영락없는 성벽이다. 옆으로 난 돌계단을 오르니 추녀 앞 작은 뜰에 밤새 긴 이야기를 나누어도 좋을 나무 탁자가 놓여있고 창을 열고 내다보니 푸른 배 밭이 발아래 출렁인다. 졸지 간에 흐린 내 눈을 시원하게 눈 뜨임 하는 순간이다. 사선으로 비가 내려도 좋겠고 펄펄 눈 내리면 더할 나위 없겠다. 탁 트인 밖을 보다 안으로 고개를 돌리니 마루 오르는 곳에 인물 훤한 섬돌 하나, 이 집의 내력을 한 몸에 품고 짐짓 모른 척 시침을 떼고 있다. 정情은 넘쳐도 말은 더디 나오는지 아무 말 없이 앉아 있어도 섬돌은 다 아는 눈치다. 배꽃은 언제 피고 매실 엉덩이는 또 언제 노래지는지.

은월은 몸을 묻기 딱 좋은 곳이다. 그렇고 그런 일상에 지쳐있다면 잠시 끈을 풀고 쉬어가도 좋겠고 머리에 떠도는 생각을 글로 옮기기에도 안성맞춤이겠다. 한 칸 방은 사방으로 막혀있고 남으로 난 외짝 장지문뿐이다. 섬돌과 마루 사이에 떠도는 빛이 조금씩 방으로 흘러들어 안온한 품속 같다. 허리를 굽혀 문을 밀고 들어서면 어둠이 먼저 반긴다. 두툼한 어둠과 어깨를 치며 악수를 나누다 보면 책 몇 권과 이부자리가 눈에 들어온다. 단출한 사물은 어둠과 제법 잘 섞여 금방은 희미하더니 곧 선명해진다. 흰 벽지 너머 탑탑한 흙냄새도 함께 사는 방은 사방 서너 걸음이면 족히 손이 닿는다. 혼자 뒹굴어도 좋겠고 벽에 등을 기대고 앉아 하릴없이 하루를 보내도 그만이겠다.

구석에 여행 가방을 던지고 앉으니 덜컥 고요가 밀려든다. 창이 없어 저절로 고요해진 방안에 뚝 떨어지는 호흡과 심장 소리는 남의 것인 양 낯설다. 잠시 일상의 소음이 아득히 멀어지고 방안은 수초 가득한 물속 같다. 외짝 문에 비친 저녁 어스름이 어둠 속을 유영하는 내 등을 이리저리 밀어준다. 아! 얼마 만인가? 내 숨소리를 온전히 듣는 순간이.

혼자만의 고요도 잠시, 부엌으로 가 구절초 나물을 다듬는다. 야산 비탈에 널린 고사리 밭 사이에서 순한 새순만 모시고 왔다. 오월 단오 전이니 아직 심이 들지 않아 그저 연하기만 하다. 차 밭에서 일행이 열심히 찻잎을 따고 있을 때 나는 염불보다 잿밥에 마음이 더 가 있었다. 웃자란 통통한 고사리, 막 올라온 구절초, 조금 핀 두릅, 야산 반도 오르지 않고 주머니 가득 봄을 담아 왔다. 끓는 물에 소금 넣고 나물을 데치니 비릿한 풋내와 함께 진초록으로 옷을 갈아입는다. 한숨 생기를 거둔 나물을 찬물에 헹궈 한 뭉치는 초고추장에 나머지는 된장에 무친다. 손가락 사이로 양념이 삐져나올 만큼 치댄 뒤 맛을 보니 부드러운 나물 저 너머에 봄이 함께 있다. 텃밭에서 챙겨온 첫물부추와 상치, 옻 순도 데치고 귀한 생채도 함께 씻는다. 남도에서만 맛볼 수 있는

귀한 식재료다. 찬이 어우러지니 밥 끓는 냄새 구수하다. 그새
밖은 어두워지고 은월에 달이 떴다.

자나 새나 연락하는 사이가 아닌데도 빙 둘러앉으니 식구 같
다. 누구는 고기를 굽고 누구는 상을 차린다. 구수한 밥을 퍼내
오는 이도 있고 술을 따르는 이도 있다. 그간 멀었던 시간이 단
번에 좁혀지며 밥상머리가 따뜻해진다. 투명한 차양 너머 달빛
은은하고 소쩍새 울음까지 마을로 내려와 보태지니 여기서 무
엇이 더 필요하겠는가? 서로 못 본 사이 힘겨운 일도 있었을 것
이고 고단한 하루도 분명 있었을 터인데 밥상 앞에서 잠시 세상
근심이 사라진다. 숯불에 환하게 익은 서로의 얼굴만 봐도 둥개
둥개 즐겁다. 어디로 갈 것이지 어디에 닿을 것인지 생각해 무엇
하겠는가? 지금 이 따뜻한 시간이 포개져 탑을 이루면 또 한 생
애가 되는 것을. 귀한 소채에 밥 한 덩이 얹고 쌈을 싼다. 볼이
미어지라고 한 쌈 먹고 나니 저 아래서부터 차올라 오는 그득함
이라니. 입안이 곧 극락이다. 멀리 갈 것도, 조급할 것도 없다.
가까운 밥 한술에 만복이 깃들어 있는 것을.

무슨 이야기를 나누다 잠들었는지 눈 뜨니 아침이다. 기운 좋
은 곳은 하룻밤 잠을 청해보면 안다. 신간身幹이 걸림 없이 편안
했다면 둘러볼 것도 없이 명당이다. 새벽을 가르며 일터로 먼저
떠나는 일행이 있고 나는 분주한 시간에도 잠시 안온한 방에 좀

더 누웠다가 마당 소리가 잠잠해지고서야 방을 나섰다. 화장실에 가 양치를 하다가 아직 잠이 덜 가신 눈으로 발견한 새싹 두 잎. 타일과 타일 사이에서 어떻게 뿌리를 내리고 싹을 밀어 올렸는지 참 신기하기만 하다. 무슨 풀인지는 알 길 없으나 척박한 환경 따위는 아랑곳하지 않고 스스로 틔운 싹이 얼마나 대견한지. 사는 일은 모름지기 아쉬운 모자람에 나의 마음을 기꺼이 묻고 맡기는 일 일진데 만화방창 넉넉함보다 부족한 가운데 피우는 일에 몰두한 저 가녀린 새싹이 내 마음을 흔드는 새벽. 숲 사이로 난 실뱀 같은 길을 따라 다시 차밭을 오른다. 어둠 걷힌 산등성이에 막 구름을 벗어난 달이 희게 웃고 있다.

4부
뚱딴지

고수레*

홍건한 달빛이 탐난다. 옥상 모서리에 달아놓은 워낭 사이로 막을 새 없이 쏟아진다. 평상에 앉아 가없는 그 빛을 온몸으로 받는다. 보름을 갓 지난 달이라 아직 살이 통통하다. 어디로 밀쳐놓아도 부드럽게 굴러갔다가 다시 내게로 돌아온다.

평상에 엎드려 몸을 이리저리 굴려본다. 팔베개해 모로 누워보기도 하고 가슴에 손을 모으고 반듯하게 누워보기도 한다. 누구의 방해도 받지 않는 느슨한 게으름, 참 오랜만이다. 모기도 사라지고 배롱나무를 건너온 바람은 적당히 차다. 맥 놓고 달빛에 몸을 뒤척이는 동안 작은 마당에는 벌써 풀벌레 소리 요란하다.

숨찬 추석을 건너느라 묵은 피로가 장아찌처럼 어깨에 내려앉았다. 자분자분 등에 내리는 달빛이 짠 피로를 거둬간다. 달빛

마사지다. 곰을 어깨에 올려놓은 듯 무겁더니 그새 가볍다. 다 무량한 저 달빛 덕분이다.

평상에 널브러진 내가 기특하다. 모양새는 데친 배춧잎 같지만 묵직한 노동 뒤에 오는 건강한 피로를 혼자 즐기는 중이다. 시간을 다투던 많은 일을 사고 없이 해냈으니 쉬어 마땅하다. 물린 저녁상이 발치에 혼자 졸고 있어도 내심 느긋하다. 설거지야 좀 늦은들 어떠리. 세상만사 급할 것이 없다. 한쪽 발로 평상 저 끝으로 상을 밀쳐놓고 지금 당장 불어오는 바람과 홍건한 달빛에 흠뻑 젖는다.

봉두난발 머리카락 사이로 스미는 바람이 시원하다 못해 상쾌하다. 손가락을 펼쳐 머리를 빗어 넘긴다. 스르르 저절로 눈이 감긴다. 저녁상을 물릴 때 집 뒤 홍두깨 산언저리에서 두둥실 떠오른 달은 자분자분 처마 쪽으로 한참 몸을 옮겼다. 더할 것도 뺄 것도 없는 넉넉한 가을밤이다.

누구는 그런다. 힘들면 일을 나눌 것이지 미련을 부린다고. 하지만 일이라는 것이 누군가에게 기대기 시작하면 한도 끝도 없다. 우선 남의 손을 빌리면 내가 기대했던 음식이 나오지 않을뿐더러 의지하다 그르친다. 음식은 본시 생명을 보양하는 근본이며 음식을 상대에게 바치는 일은 스스로 생명을 바치는 것과 다를 바 없다. 만드는 사람의 파장이 음식에 스며들어 먹는 사람의 미각에 전해지는 것이다. 이러니 어디 단 한 순간이라도 허투루 음식을 만지겠는가.

봄부터 산천을 다니며 모아온 음식재료가 제가끔 주인을 찾아 떠났다. 분명 곳간은 비었는데 그득하게 차올라 오는 이 포만은 도대체 어디서부터 비롯되는지 나 또한 궁금하다. 비웠는데 그 득해지다니 참 묘한 이치 아닌가. 세상의 셈법으로는 짐작하기 어려운 일이다. 일이란 것이 해보니 그러하다. 남도 이롭고 나도 이로울 때 스스로 그득해지는 것이 아닌가 싶다.

좀 고단해도 나는 가을이 좋다. 가을은 절로 인심 나는 계절이 고 삼라만상 보이지 않는 영혼에게도 아낌없이 나누는 때라 더 욱 그러하다. 곳간에서 인심 난다고 우선 그득하게 쌓이는 계절 이니 마음 퍼내는 일 또한 넉넉해질 수밖에 없다. 조상의 음덕을 기리는 시제時祭도 이맘때쯤 지내고 한 해 마무리 잘하라고 지내 는 상달 고사도 이때 지낸다. 무엇이든지 나누고 싶고 빈 곳은 가서 채워주고 싶은 계절이 가을이다.

가을에는 필요 이상의 욕망이 꼬리를 내리며 사라진다. 꼭 필 요한 하나만 가져도 삶은 얼추 굴러가기 때문이다. 그러나 많은 사람이 하나는 뒤로 감추고 다시 하나 더 갖기를 애쓴다. 당장 포만감을 즐기기보다 다가올 미래에 대한 불안이라는 허깨비에 게 홀려 오늘 하루의 즐거움을 쉽게 포기한다. 즐거움을 마다하고 있다 보면 마음이 허해질 수밖에 없다. 허해진 마음 따라 찾아드는 것은 단조로운 권태다. 분주함보다 더 경계해야 할 것이 권태다. 이 괴물은 주로 해가 짧아지는 계절에 많이 나타나며 일 없는 사람을 좋아한다. 나는 음식과 친구한 후로는 이 괴물을 본 적이 없다. 그저 눈앞에 쏟아지는 저 달빛에 홍감해 지금 당장의 행복을 즐기는 중이다. 뒹굴뒹굴 구르다 일어나 보니 발치의 밥상은 어느새 사라지고 달달한 가양주와 큰 나무 소반에 부각이 소복하다. 노동의 진가를 알아주는 식구들이 그새 내가 할 일을 스스로 나누었나 보다. 일이란 본시 나누면 가벼워지는 법이다. 하라 하기 전에 스스로 해야 할 필요성을 느꼈다면 이보다 더 큰 수확이 있을까? 알아서 해야 할 일을 하는 가족의 모습이 달빛 아래 흐뭇하다. 식구 모두의 마음이 어찌 저리 낙낙해졌을까. 달빛이 여럿을 넉넉하게 만들었다.

　설거지를 끝낸 딸아이가 물 묻은 손을 엉덩이에 문지르며 평상으로 왔다. 언제 저리 컸는지 마주 앉은 모습이 나보다 크다. 등 뒤에 쏟아지는 달빛 때문인지 태산 하나를 옮겨 놓은 듯 든든하다. 주전자를 들고 흔든다. 잔을 들라는 신호다. 잔을 내미니 넘치도록 술 한 잔 따른다. 나는 고맙다는 마음을 눈웃음으로 전한다. 그런 나를 본 아이는 응당해야 할 일을 했다는 듯 어깨 한 번 우쭐하고 만다. 술이 차니 잔이 살아난다. 세상 모든 기운이 술잔에 와 찰랑거린다.

"고수레 고수레"

마시기 전에 먼저 뜰로, 장독대로, 다시 대문으로, 세 번 나누어 술을 뿌린다. 잡귀와 액운을 물리고 무병과 무탈을 마음속으로 기원한다. 마시라 주었더니 무슨 일이냐는 표정이다. 술 다음 부각을 한 줌 쥐고 다시 허공을 향해 고수레를 외친다. 찹쌀 바른 고소한 부각을 손으로 잘게 부서 풀숲 벌레와 허공의 외로운 영혼에 가을 성찬을 바친다.

먹기 전에 나누는 이 마음이 진정 음식 만지는 자의 기본 덕목이다. 음식은 다른 물건과 달리 살아 움직이는 생물이다. 자연에서 채취해 사람의 양식이 되기까지 곳곳에 숨어 있는 정성이라는 양념을 우리는 맛으로 즐기는 것이다. 조금만 덜 먹고 나눌 일이다. 고수레 외치며 마음을 나누는 순간 온 우주의 기운이 나를 향해 모여든다. 마주 앉은 딸이 이제야 알겠다는 듯 고개를 끄덕인다. 교감이 최고조일 때 서로에 대한 만족도 단연 최상이 아닐까. 툭 터진 달빛이 내 어깨를 주무르다 흥청망청 담 너머로 사라진다. 그 모습이 전에 없이 눈부시다.

* 고수레 - 들이나 산에서 음식을 먹을 때 귀신에게 먼저 바친다는 뜻으로 음식을 조금 떼어 던지는 일

곶감*

덥석, 상강이 되니 천지가 붉다. 봄은 스미듯 오고 가을 찬바람
은 채비할 새도 없이 황급히 달려든다더니 벌써 무서리 몇 차례
다녀간 모양이다. 뜰에 꽃이 한 풀 기氣가 꺾였다. 마당에 포장도
쳐야 하고 옥상에 물건도 따로 갈무리해야 하는데 산에 가을꽃
따러 다니다보니 금방 찬바람이다. 아무리 바지런히 움직여도
짧아진 가을 해는 야속하다 싶을 만큼 빨리 진다.

하늘로만 치솟던 기운이 모두 땅으로 내려앉았다. 천기가 땅
으로 내려오니 땅에 뿌리를 둔 모든 것이 알이 차고 단맛이 든
다. 앞집 감나무 잎이 하루가 다르게 붉게 물들더니 까치의 걸음
도 잦아졌다. 배불리 먹고도 남을 만큼 까치밥이 집집이 등불처
럼 내걸렸다. 부지런히 쪼아 먹는 까치와 제 볼을 다 뜯기고도

가지 끝에 의연히 매달린 감을 보면 가을은 분명 서로 아낌없이 나누는 계절임이 틀림없다. 초록이 사라지는 속도보다 붉게 물들어 오는 시간이 더 빠른 시절이다.

옆집 할머니가 마저 딴 감 두 상자를 마당에 부려놓고 가셨다. 새벽부터 경운기 소리 요란하더니 감을 딴 모양이다. 우렁각시가 따로 없다. 말하지 않아도 나는 할머니가 다녀가신 줄 안다. 본 적 없는데 할머니 걸음 소리에 곡식들은 무심히 자라고 또 열매 맺는다. 참 신통한 일이다. 밤낮으로 들을 보살피는 할머니는 무슨 거름과 덕담으로 농사를 짓는지 늘 동네에서 제일 알이 실한 놈으로 수확을 한다. 지난해 우박이 심해 거의 감이 열리지 않더니 올해 겨우 나무가 몸을 추스르고 감을 맺었다. 평소보다 드문드문 열린 감이라 그런지 별스럽게 굵고 인물이 훤하다.

볕드는 마루에 감 두 상자를 부어 놓고 보니 천지가 환하다. 굵고 실한 것은 따로 골라 곶감을 만들고 모양이 반듯한 것은 정과를 만들 작정이다. 그다음 이도 저도 아닌 못생긴 감은 네 쪽으로 잘라 말랭이를 한다. 등에 볕을 받으며 감을 깎는다. 끈끈한 감의 육즙이 손에도, 칼에도, 제 몸이 벗겨져 나간 흔적을 만든다. 아직은 떫고 맛은 무겁다. 하지만 오래 가을볕을 몸속에 받아들이고 나면 점점 떫은맛은 사라지고 단맛이 차올라 올 것이다. 척척 걸어둔 곶감 사이로 산바람이 드나든다. 가을비만 잘

피하면 제대로 단맛이 오르겠지.

곶감을 걸어 두고 이제 정과를 만든다. 청도 감은 씨가 없다. 씨가 없으니 감 하나를 고스란히 다 먹을 수 있다. 특히 홍시를 만들어 먹을 때는 껍질까지 전체를 다 먹어도 되는 것이 청도 반시다. 씨가 없으니 가로 자르기가 가능하다. 최대한 얇게 감을 가로로 자른다. 노란 속살이 부드럽기 그지없다. 분명 씨는 없는데 씨가 있던 흔적은 보인다. 긴 세월 무슨 연유에서 씨가 사라졌는지는 모르는 일이지만 그 무늬 참으로 곱다. 균일하게 이루어진 무늬가 천생 꽃이다.

켜켜이 쌓아 당침糖浸을 한다. 한참을 두고 보면 감이 제 몸에 수분을 전부 토해 낸다. 그러면 그 물을 따라내고 다시 당침을 한다. 그렇게 해서 감의 몸에 수분을 완전히 제거하면 표면부터 물결무늬로 말려 들어가며 쫀득해진다. 그때 채반에 널어 말리면 말랑한 곶감이 된다.

이대로 말려서 보관하면 말 그대로 곶감이다. 하지만 곶감을 꽃감으로 만드는 법은 따로 있다. 우선 동아정과로 수술을 만든다. 잘게 칼집을 내 동그랗게 만다. 돌돌 말린 동아를 꽃술처럼 잘게 잘라 거기에 감정과로 꽃잎을 두른다. 처음에는 수술을 감싸 아주 좁고 짧게 감다가 얼추 한 바퀴 돌리고 나면 풍성하게 주름을 잡고 다시 꽃잎을 만든다. 동그랗게 말다가보면 금방 한 송이 꽃이 피어난다. 곶감이 꽃감이 되는 순간이다.

넓은 채반에 꽃을 만들어 쌓아 가다보면 시간 가는 줄 모른다. 언제 해가 졌는지 언제 밤이 되었는지 번번이 시간을 놓치기 일쑤다. 바람이 차고 밤도 제법 길어졌다. 혼자 창밖에 바람 소리를 들으며 꽃감을 만든다. 넓은 채반에 하나둘 꽃이 피면 금방 가을밤이 환해진다. 어디 봄에만 꽃이 피던가? 잎 지는 가을에도 꿈꾸는 사람에게는 저절로 꽃이 핀다. 내 정성과 손끝 사랑을 먹고 찬란하게 꽃감이 핀다.

꽃 피우는 일은 뿌리의 안간힘이 있어야 가능한 일이다. 그저 앉아 있어 꽃 필 일 만무하다. 불혹을 넘기니 노동이 소중한 삶의 화두가 되고 일과 일 사이에서 생명이 들고 남이 조금씩 보이기 시작한다. 땀 없이 먹고 사는 일은 매사 헛일이라는 간단한 공식도 뼛속 깊이 진리가 된다. 부지런히 움직여 일을 놓지 않고 사랑할 때 적지 않은 나이에도 다시 꽃 피울 수 있으리라. 더운 차 한 잔으로 하루의 노동을 씻어 낸다. 곁들여 찬란한 꽃감도 한 송이 먹는다. 가을이던 몸속에 생생하게 꽃잎 돋는 소리. 곧 꽃 피울 소리.

* 꽃감 - 감으로 꽃을 만든 정과

홀 惚

귀신고래 한 마리 출렁출렁 내게로 밀려든다. 수면 위의 모습보다 소리가 먼저 내게 닿는다. 나는 눈을 감고 축축한 그 소리에 젖는다.

우우 빈항아리에 얼굴을 대고 손나팔 부는 소리 같다. 항아리를 향해 입김을 모아 불면 내 몸을 떠난 숨결이 다시 되돌아오는 소리. 동그란 항아리를 몇 바퀴나 돌았는지 신령스럽게 부르르 떨리는 소리. 가늘고 긴 고래울음이 대책 없이 나를 칭칭 감는다.

다시 끄르륵 아기 트림하는 소리를 내는가 싶더니 금방 황소개구리 울음소리로 바뀐다. 가늘고 긴 소리 뒤에 강한 마찰음도 함께 들린다.

나무문을 흔들고 지나가는 겨울 바람소리 같기도 하고 수면을 박차고 나와 허공에 대고 뿜어내는 해녀의 숨비소리 같기도 하다.

우우 길게 울음을 뱉어낼 때는 황소 한 마리 내 의식 안으로 성큼 들어와 길게 목을 빼고 풀을 뜯기도 한다.

지그재그로 푸른 수면을 지나 내 몸에 파문을 일으키는 이 소리는 나를 흔들다 못해 흠뻑 젖게 만든다. 젖은 몸은 무게를 감당하지 못하고 더 깊은 소리 안으로 빠져든다.

소리란 본시 귀로 들어야 마땅하지만, 오늘 나는 온몸을 치고 들어오는 고래 울음소리에 잠시 넋을 놓고 있다. 난생 처음 들어 보는 이 묘한 소리, 나와 소리가 하나가 되는 상황, 그래서 도무지 시간이 어떻게 흐르는지 내가 어디에 와 있는지조차 잠시 잊어버린 상태, 이럴 때 나는 몸이 하는 말에 먼저 귀 기울이게 된다.

고래 울음을 듣고 있으면 분명히 눈은 감고 있는데 심장은 전에 없이 심하게 뛰고 있다. 얼마 만인가? 이렇게 설레며 내 심장소리를 듣는 일이. 일에 쫓기다 보면 심장이 내 몸에 있는지조차 잊고 살 때가 많다. 그런데 지금 숨이 턱에 차도록 격렬하게 펄떡이는 심장이 가슴 밖으로 뛰쳐나올 기세다. 홀린 것이 분명하다. 비 내리는 산골 고갯마루도 아닌 이곳 박물관에서 꼬리 열두 개 달린 고래에게 홀랑 나를 빼앗긴 순간이다.

예전에는 모든 것이 다 마음에 달렸다는 생각에 마음의 방향에 따라 감정의 진폭을 조절했었다. 그러나 이제는 몸의 상태가 어떤지 먼저 귀 기울이게 된다. 나이와 몸의 상관관계를 슬슬 이해하기 시작하면서 마음보다는 한 발짝 느리게 따라오는 몸의 처지를 알아채는 나이에 이르렀다.

뭘 봐도 설레지 않던 마음 안으로 이 무슨 반가운 홀림이란 말인가? 고래 울음소리 하나가 온몸에 피를 돌게 하고 잠들었던 오감을 흔들어 깨운다. 지리멸렬한 감각들이 먼지를 털고 일어나 쿵쿵 발을 구른다. 그 소리에 심장은 금방 꽃피는 춘삼월 된다.

"배 떠날 시간이 다 되었어요."

이 한마디에 화들짝 놀라 감았던 눈을 뜬다. 나는 장생포 고래박물관 귀신고래 화면 앞에 우뚝 서 있다. 잠시 고래소리에 집중하느라 주변 소리로부터 철저히 격리되었던 귓속으로 일상의 소리가 봇물처럼 쏟아져 들어온다.

푸른 수면에 집채만한 고래 한 마리 배아래 새끼를 거느리고 바다를 가르고 있다. 크고 웅장한 고래 울음은 반복해 박물관 안을 울리고 나는 어쩔 도리 없이 뛰는 가슴을 모아 쥐고 선착장으로 나선다.

전국의 문인들이 고래를 만나기 위해 한배를 탔다. 누구는 시 노래를 부르고, 누구는 바이올린을 켠다. 모두 환호를 보내며 같이 손뼉을 치는 와중에도 나는 내내 쿵쾅거리는 심장 단속에 여념이 없다. 찌릿찌릿 몸을 치고 들어오는 이것이 도대체 무엇이란 말인가?

너울이 심해 고래 보기가 어려울 것 같다는 해설사의 말도 귀에 들어오지 않고 심하게 속만 울렁거린다. 뱃멀미가 분명하다. 사람들은 파도를 피해 모두 선실로 들어가고 나도 한참을 견디다가 덮치는 파도를 끝내 견디지 못하고 따라 들어간다.

그런데 파도보다 더 무서운 선실냄새. 눅눅하게 습기 머금은 탁한 기운이 가득 모인 사람냄새와 함께 금방 내 오장을 뒤흔든다.

다시 두꺼운 모포를 머리에 쓰고 혼자 갑판으로 나온다. 습한 냄새보다는 머리 위로 쏟아지는 파도가 오히려 낫다. 갑판 위로 범람해 오는 파도를 고스란히 받으며 고래를 기다린다. 너울이 심한 바다를 지나 얼추 바다 한복판으로 나온 것 같은데 고래는 통 보이지 않는다.

조갈 난 마음이 심한 너울에 흔들리더니 멀미가 절정에 닿았다. 허겁지겁 난간으로 달려가 생침을 흘리는 사이, 마침내 고래가 왔다. 이층 갑판에서 누군가 소리친다.

"야~ 고래다."

뿔뿔이 흩어져 있던 갑판 위에 사람이 일제히 뱃전으로 몰린다. 만사가 다 기다리다 지칠 때쯤 눈앞에 나타나는 법인가 보다. 너울이 어찌나 심한지 고래 볼 생각은 애저녁에 버렸었다. 버리고 나니 비로소 나타났다.

배가 움직이는 대로 잽싸게 무리지어 따라붙는 돌고래. 둥글게 몸을 말고 등만 살짝 보여 주고는 다시 물속으로 사라져간다. 아~ 물을 치고 나가는 저 매끄러움이라니. 배 속도와 기막히게 보조를 맞춰 헤엄치는 고래들이 신기하기 짝이 없다.

갇힌 공간이 아닌 망망대해에서 난생처음 고래를 만난 기쁨은 우주를 만난 기쁨에 비하랴. 뱃멀미는 어디 가고 마음은 금방 풍선이 된다.

기다린다 하여 오는 고래들이 아니다. 보고 싶다 하여 보이는 것 또한 아니다. 분초를 다투며 나타났다가는 또 흔적 없이 사라져간다. 어디로 갔을까? 애 끓이며 바다를 기웃거려 보면 전혀 생각지도 않았던 곳에서 불쑥 다시 나타난다. 그리움처럼.

불현듯 나타나는 고래를 보며 환호와 탄성이 다시 뱃전을 울린다. 같이 소리 지르고 동시에 아쉬워한다. 다 같은 무게의 흥분이 사람 사이에 출렁거린다. 모르는 사람끼리 부둥켜안고 뛰기도 하고 마주 손잡고 웃기도 한다. 서로 토해내는 설렘의 방식은 다르지만 폭죽처럼 일제히 쏘아 올리는 환호만은 똑같은 모습이다. 함께 뛰고 함께 설렐 수 있는 뜨거운 이 순간이 진정한 황홀경 아닐까? 생에 두 번 만날 수 없는.

차오르는 말

숲의 품이 그새 많이 줄었다. 여름내 빽빽하던 숲이 가을 되어 성글어지더니 초겨울 비바람에 이제 앙상한 가지만 남았다. 가지 사이로 산의 등짝이 여기저기 뼈대를 드러내고 골과 골 사이 물의 흔적도 잎이 지고 나서야 비로소 눈에 들어온다. '저 산의 골이 저리 깊었던가? 아 계곡의 꼬리는 저쪽으로 휘었구나. 산 중턱에는 무슨 바위가 저렇게 많지? 초록이 짙어 보이지 않던 능선 뒤에는 봉우리 두 개가 더 있었구나.' 매일 헐티재를 넘나들며 시시로 변하는 산에게 내가 물어보는 말들이다. 전에 없던 일이다. 수시로 중얼거림이 늘고 자주 하늘을 본다. 아무리 물어도 자연은 대답이 없고 그저 달라진 모습만 매일 내게 보여준다. 무심한 산에게 말 거는 재미로 하루해가 짧기만 하다.

노루 꼬리보다 짧은 겨울 하루. 마른 바람에 물들 것은 물들어 제풀에 지쳐 쓰러지고 익을 것은 제대로 익어 모두 땅으로 떨어졌다. 적막한 겨울을 보내고 나면 생명이 되는 씨앗과 거름이 되는 씨앗이 따로 있을 것이다. 추운 땅 위에 적막과 아무도 눈치 못 채는 땅속의 분주함이 씨앗 속에는 함께 공존한다.

감나무 빈 가지에 달린 홍시가 간밤 추위에 빨갛게 얼었다. 웅성거리며 소란스럽던 과수원이 다시 고요해지며 바람은 더욱 차졌다. 그득해 도무지 보이지 않던 것이 숲이 헐렁해지니 비로소 눈에 들기 시작한다.

입동이 지나고 대한이 가까워져 오니 집 뒤 홍두깨 산 중턱에 난데없이 흰 나무 군락이 나타나기 시작했다. 율강서원 앞을 지나 저수지 쪽으로 올라갈 때 더 아름답게 보이는 이 숲은, 여름 내 산이 우거져 있을 때는 보이지 않던 풍경이다. 산이 온통 초록인 계절에는 무슨 나무인지 분간이 되지 않더니만, 잎 다 지고 난 어느 순간부터 흰 자태를 뽐내기 시작했다, 시린 겨울 하늘을 배경으로 쨍쨍하게 모여 하늘을 찌를 듯이 서 있는 나무는 충분히 내 마음을 홀리고도 남는다.

춥고 긴 겨울을 혼자 견디는 기상이 제법 남달라 보여 바라보는 내내 대견한 마음이 가득하다. 나는 우엉차를 만들고, 테라스에 긴 줄을 매고 시래기를 걸면서도, 그 나무가 무슨 나무인지 늘 궁금했다. 먼발치에서 보면 자작나무 같기도 하고 눈부시게 흰 모습을 보면 은사시나무 같기도 하다.

햇살 좋은 마당에 고두밥을 널어놓고 오늘은 궁금한 나머지 나무를 보러 논둑길을 걸어 홍두깨 산으로 간다. 완만하게 휘어 진 논둑길은 흙이 아직 얼지 않고 부드럽다. 한참을 걸어 가까이 가 보니 백양나무다. 흰 표피 사이로 검은 점들이 널려 있고 자잘한 점 사이로 옹이 같은 큰 점이 하나씩 박혀있는데 얼른 보니 사람 눈〔眼〕같다. 드문드문 하나씩 박힌 옹이는 아무리 봐도 외눈박이다. 촉촉이 젖은 커다란 눈은 백양나무 곳곳에 숨어 처연히 깊어가는 겨울을 내다보고 있다. 나무 어디쯤에서 길어 올리는 눈빛인지 자못 깊고 검다.

더없이 사소한 것도 몸을 치고 들어오는 곳이 시골이다. 계절의 변화를 온몸으로 느끼며 벌써 세 계절을 보냈다. 올 초에 어느 스님이 올해는 천기天氣에 습이 많다더니 아니나 다를까 가을 내내 비가 내렸다. 주말마다 내리는 비가 야속하다 못해 슬슬 겨울채비가 걱정스러워지기도 했다. 곡식 말리는 채반을 들고 짧은 겨울 해를 따라 이리저리 해바라기를 하다 보면 금방 해가 지고 만다. 한 뼘이라도 더 길었으면 하고 바라보지만 해는 야속하게 져버리고 올가을은 늘 햇살이 고픈 상태였다. 마당을 가로질러 앞집 지붕 사이로 지는 해는 늙은 은행나무 가지 사이에 걸려 한참 숨을 몰아쉰 뒤 비슬산 능선으로 사라져 간다.

사라져가는 해를 보며 가을 내내 말린 고두밥을 손바닥 위에 올려놓고 살살 비빈다. 잘 비벼 제대로 낱낱이 떨어져야 볶을 때 꽃이 곱게 핀다. 찌는 일보다 손바닥에 놓고 비비는 일에 더 공을 들여야 하는 이유가 여기에 있다. 한참을 비비다 보면 몽글몽글 손바닥에 전해지는 씨앗의 힘. 그 힘을 손바닥에 느끼며 어둑해지는 뜰을 내다보니 그때 불현듯 길 건너 은행나무 가지 사이에 정교하게 걸려 있는 까치집 하나가 내 눈에 들어온다.

여름내 그곳에 있었겠지만 이제야 내 눈에 보이는 까치집. 넘어가는 해를 배경으로 촘촘히 지어진 까치집의 구조가 있는 그대로 풍경이다. 얼기설기 짠 나뭇가지 사이로 해가 지는 쪽과 그 반대쪽의 명암이 선명하게 갈라지며 여태 없던 까치집이 오늘 새로 이사라도 온 듯 도드라져 보인다. 나는 한참 넋 놓고 까치집 사이로 부서지는 해를 바라본다. "은행나무 품속에도 저렇게 아름다운 집이 숨어 있었구나."라며 혼자 중얼거린다. 눈뜨고도 제대로 보지 못했던 두 계절이 순간 이상하게 여겨진다.

이렇게 보이지 않던 것들이 보이기 시작할 때 내 안의 숨어 있던 말들이 일제히 밖으로 쏟아져 나온다. 전에 없던 일이다. 도시에서는 없던 버릇이 시골로 작업실을 옮기고부터 생겨나기 시작했다. 온종일 혼자인 나는 매 순간 변하는 자연 앞에 나도 모르게 수다쟁이가 되어가고 있다.

의도하지 않고 작정하지 않았는데 저절로 생겨나는 말, 팥죽 끓어 넘치듯 뜨겁게 터져 오르는 말, 견딜 수 없이 목구멍을 치고 올라와 봇물처럼 쏟아지는 말, 매순간 이 말들을 내가 다 감당하기는 어렵지만, 그 속에는 나만이 아는 지극한 즐거움이 숨어 있다. 도시 안에서 글을 쓰며 내가 느꼈던 갈증들이 이곳으로 온 후 말끔히 사라졌다. 고프기보다는 먼저 토하기 바쁘다. 그렇게 온몸을 밀고 올라온 말들은 거의 순하고 진실하다.

어둑어둑 땅거미가 밀려오고 시래기 국에 잡곡밥 한 그릇 비우고 나니 뒷산 두 번째 봉우리 사이로 달이 뜬다. 보름을 넘긴 달은 조금씩 몸피를 줄이는 중이다. 나는 옥상에 올라 그달을 바라본다. 촘촘한 하루가 달과 함께 기운다. 기우는 달 사이로 아무런 색깔도 없는 날것의 말들이 저절로 차올랐다 이울어간다. 달도 흘러 서쪽으로 기울고 율정의 겨울밤은 저 홀로 깊어간다.

꾼

보물 같은 겨울 하루, 서촌의 골목길을 거닌다. 아파트 생활을 하며 언제부터인지 땅을 밟고 살던 그 시절이 그리워지기 시작했다. 좁은 골목길과 부서진 화단 그리고 집집이 어설픈 대문이 삐걱거리던 그곳이 서울 한복판에 거짓말처럼 숨어있다. 서로 이마를 마주한 처마는 닿을 듯 정겹고 좁은 골목길에서 서로 어깨를 부딪쳐도 제 식구인 양 허물이 없다. 복잡한 골목길을 걸어 통인시장 입구에 오니 건너 재미난 가게에 흰 광목이 펄럭인다. 가까이 가보니 흘림 글씨로 이렇게 써 놓았다.

"물고기는 물과 싸우지 않고 장사꾼은 돈과 싸우지 않는다."

아! 이렇게 맛있는 말이라니. 제법 장사꾼의 냄새가 순도 높게 난다. 중얼거리며 입속에 넣고 굴려보니 짧은 문장이 차지고 쫄

197

깃하다. 장사함에 잇속보다는 순리를 택하겠다는 굳은 맹세가 엿보인다. 그저 물건 주고 돈 받으면 그만이라는 얄팍한 세상에 심지 든든한 꾼을 만난 기분이다. 이 풍진 세상에 휘둘리지 않고 저리 담담하게 마음먹고 살기가 어디 쉽던가? 막막한 서울 하늘 아래서 스스로 자생하는 모습이 잠시 감동으로 밀려온다. 본 적도 없고 통성명도 없이 오늘 처음 만난 사이지만 유리 너머로 본 주인장의 마음이 뜨겁게 전해져 불쑥 가게 안으로 들어가 본다. 동조와 공감은 긴말이 필요 없다. 그저 보고 느껴지는 대로 믿으면 그만이다. 잘 익었는지 말았는지를 꼭 잘라 봐야 알겠는가? 훈훈한 향기만으로도 숙성의 수위를 능히 감지感知하고도 남는다.

면벽 수도까지는 아니더라도 제법 산을 오르내린 모습이다. 텁수룩한 머리에 두건을 쓰고 팔짱을 낀 채 빙그레 웃고 섰다. 너나없이 사진 찍기에 열중인 사람에게 많이 찍어가라는 손짓을 하며 그냥 있다. 얇은 눈꺼풀 속에 숨은 눈빛이 동물성이라기보다 풀 냄새 가득 풍기는 식물성에 가깝다. 당연히 호객행위는 없다. 손님을 만나면 밀착해 따라다니며 제품을 설명하는 다른 가게와는 전혀 다른 모습이다. 부담스러운 친절함도 여기는 없다. 고객이 마음 편히 둘러볼 때까지 그냥 묵묵히 기다리고 있다. 차고도 남도록 넉넉한 눈빛은 서울 땅에서는 쉬이 만날 수 없는 모습이다. 사진 찍는 것을 말리는 가게도 허다한데 이러면 어떠리. 저러면 어떠리. 어화 둥둥 하는 표정이다. 참 기막힌 꾼이다.

고수에게는 삶이 놀이고 하수에게는 하루가 생지옥이라더니 그 말이 딱 맞다. 장사라는 것이 애면글면 매달린다 하여 되는 것이 아니다. 애쓰지 않아도 올 사람은 오고 갈 사람은 간다는 사실을 그는 이미 알고 있는 눈치다. 낯선 가게에 들어선 손님을 최대한 편안한 상태로 둘러볼 수 있게 그냥 내버려두는 장사 법을 나는 유심히 지켜본다. 따라 다니지도 않고 물건에 대해 훈수를 두는 법도 없다. 각자 손님의 취향에 따라 물건을 고를 수 있도록 그는 최대한의 거리에서 그저 바라보고만 있다. 가게 문 앞에 "손님구함"이란 글귀로 이미 문을 밀고 들어오는 손님의 마음을 반은 무장해제시킨다. 마음의 빗장을 여는 일이 어디 친절로 가능하던가? 짧고 환한 말 한마디가 언 마음을 일시에 녹인다. 이 말을 보고 누구나 한번쯤은 피식 웃음을 흘리기도 하고 이게 뭐지 하는 마음으로 가게를 찾는다. 그는 물건을 팔면서도 더불어 돈 없이 마음 사는 법을 아는 묘한 능력의 소유자다.

잡다한 일상 소품이 겹겹이 쌓여 있고 골목길에 내놓으면 금방 벼룩시장으로 실려 갈 법한 물건들이 즐비하다. 암만 봐도 이문과는 거리가 멀어 보인다. 신기하게 둘러보는 재미는 쏠쏠할지 모르나 구매와 매상으로 이어지기는 어려워 보인다. 자본주의 경제관념으로는 설명이 어렵지만 먹고 살자고 하는 업業이 있는가 하면 스스로 좋아서 하는 업業도 세상에는 분명 존재하니까. 옳고 그름을 따질 수는 없는 노릇이다. 장사라는 것이 잘 팔리면 좋겠지만 이익창출이 궁극의 목표일 수는 없다. 내가 좋아하는 일을 선택하고 몰입하면서 그곳에서 재미를 길어 올린다면 돈보다 더 귀한 인생을 만날 수도 있기 때문이다. 추억이라는 기차에 싣고 떠나면 금방 유년의 골목길에 닿을 법한 물건이 재미난 가게 안에 수북하다.

한겨울인데도 꾼의 공간에는 눅진한 땀 냄새가 풍겨 나온다. 익을 대로 익은 품새가 돈이야 되든지 말든지 삶의 놀이터에서 하루를 풍요롭게 논다. 칭찬에 귀 기울이지도 않고 둘러본 다음 그냥 가게를 나간다 하여 툴툴거리지도 않는다. 느리고 지난한 삶이지만 매순간 신명을 다함으로써 그날이 그날일 것 같은 하루를 눈부시게 꾸린다.

산속이면 어떻고 저잣거리면 또 어떻겠는가? 자신이 선 위치 따위는 그다지 중요하지 않다. 어디서든 선 곳에서 마음을 풀어헤치면 저절로 바람의 혈血이 트여 세상 만물이 하나가 되지 않겠는가? 대나무 밭이 아니더라도 서로 마주 보며 기운을 탐해 보고 싶은 순간이다. 서로 칼을 뽑아 휘두르지 않아도 팽팽하게

200

전해지는 꾼의 말이 두고 보는 장사 법을 한 수 배워 가게를 나
오는 내 발길을 잡는다.

"단 하루를 살더라도 꿈을 갖고 살아야지 먼지나 날리다 가지
말고"

복福

어릴 적 엄마는 말했다. 모름지기 사람은 무겁잖은 복을 지녀야 한다고. 허나 같은 값이면 크고 무거운 복이 좋지 좁쌀같이 무겁잖은 복이라니. 나는 어린 마음에 복은 어디서 오는지 도무지 알지 못하면서도 너무 소박한 엄마 말씀이 내심 불만이었다. 자식들에게 거름 주듯 덕담을 해주시려거든 콸콸 복이 쏟아지라고 할 일이지 아끼듯 조금씩 복이 깃들기를 기원하던 엄마 말씀이 낯설고 생경스러웠다. 나의 이런 마음과는 상관없이 비가 오나 눈이 오나 나는 이 말을 먹고 자랐다. 무겁잖다는 은유를 알 턱이 없었던 나로서는 왜 복은 무거우면 안 되는지 궁금하기만 했다.

평생 일없이 사는 전업 작가인 친구가 있다. 뭘 먹고 사나 걱정이 될 때도 많지만, 그럭저럭 무탈하게 잘 살고 있다. 신통한 이 친구는 밥을 먹으러 가도 늘 내가 지갑을 먼저 열어야 하고 차를 마셔도 내 차지다. 이제는 하도 긴 세월을 이렇게 지나온 터라 당연한 일로 여기며 산다.

며칠 전 무단히 경주 안강 쪽에 좋은 독이 있으니 사러 가자고 연락이 왔다. 나도 유약 먹이지 않은 옛 독이 필요한 터라 흔쾌히 따라나섰다. 안강 좀 못미쳐 골동품가게가 있었다. 들어가는 길섶에 매어놓은 강아지 밥그릇도 깨어진 옹기며 돌확으로 쓰는 그 집은 꽤나 물건이 많고 고급스러웠다. 뭐 눈에는 뭣밖에 안 보인다고 나는 음식에 관심이 많다 보니 손안에 쏙 드는 떡살, 거북이 손잡이가 달린 부엌문, 복자가 새겨진 사기접시, 떡판과 떡메, 다구들, 개다리소반, 그리고 옹기 이런 물건에 정신을 빼앗기고 있을 때 가게 안쪽에서 구성진 트로트 가요가 들렸다. 천장 높은 가게가 쩌렁쩌렁 울리도록 노랫가락은 칭칭 마음을 감았다. 간드러지게 굽이굽이 돌아가는 본새가 CD 음악과는 영 딴판이다.

노래를 따라 가 보니 구석진 곳에 금장으로 장식된 오디오 한 대가 턱 하니 앉아 있다. 스피커가 커다란 한 송이 나팔꽃 같다. 신기한 물건이다. 가끔 고전극에서나 봄직한 이 오디오 앞에 친구는 이미 코를 박고 서 있다. 얼굴이 복사꽃 색깔로 피어나더니 입은 귀에 걸렸다. 혼잣말로 오늘 복 만났다고 중얼거린다. 그 오디오와 나란히 있는 또 한 대의 오디오, 이것은 긴 박스스타일이다.

친구는 이 둘을 번갈아보며 거의 무아지경이다. 독 사러 온 친구는 제사보다 젯밥에 더 관심을 보이며 제법 보존 상태가 양호한 이 오디오의 바늘이며 혹 고장 시 부품은 어디서 구할 것인지 주인에게 묻고 있다. 아무래도 데리고 갈 모양이다. 가격을 물어보니 백만 원이 훌쩍 넘는다. 가격에 한번 놀라는가 싶더니 이내 오디오 몸체를 애인 쓰다듬듯 어루만지더니 레코드판까지 상자에 담는다. 독만 보러 왔으니 큰돈이 있을 턱이 없다. 여러 군데 전화를 넣고 마침내 미끈한 몸매의 오디오를 차 뒤에 실었다. 갖고 싶은 물건을 손에 넣은 친구의 얼굴은 말 그대로 구름 위를 걸어가는 듯 황홀해 보인다.

예부터 돈은 버는 사람이 임자가 아니라 그 돈을 쓰는 사람이 임자라는 말이 있다. 돈을 많이 버는 사람이 재물 복이 있는 것이 아니라 그 돈을 쓰는 사람이 재복 많은 사람이다. 그러고 보면 친구는 참 복이 많다. 평생 벌지 않고도 잘 살아내고 있으니 말이다. 자기가 갖고 싶은 물건이 생겼을 때는 어떻게 하든지 그 물건을 가지니 팔자치고는 상팔자인 셈이다.

나는 마흔을 넘어서고야 어머니의 무겁잖은 복의 의미를 깨달고 있다. 복이 저절로 생길 턱은 없다. 예부터 하고 많은 말 중에 왜 복은 짓는다고 했을까? 밥하듯이 물 긷고 불 때는 수고로움이 있어야 비로소 밥을 지을 수 있듯이 복 또한 그렇게 공을 들여야 생기는가 보다. 복이 생기되 지닐 수 있을 만큼만, 그리고 남들 눈에 띄지 않을 만큼 소소하게 다가오는 그런 복이 진짜 복이라는 생각이 든다.

친구는 그 오디오를 집으로 데려가 어디다 놓을까를 한나절 고민하고 또 닦고 조이며 또 한나절을 보냈노라고 문자가 왔다. 갖고 싶던 장난감을 가진 아이처럼 친구는 또 한동안 얍상한 오디오에 빠져 하 세월이 즐거울듯하다.

"재물은 소리 없이 살박살박 일어야 하고 복은 무겁잖은 복을 지녀야 하느니라."

엄마의 이 말씀이 세월을 가면 갈수록 더 차지게 들리는 이유는 무엇일까? 오늘도 세상 사람들은 눈에 보이지도 않는 복을 찾아 온힘을 다한다. 힘을 다하기 전, 매사에 마음 두는 일을 그저 밥 짓듯 함이 마땅하리라고 본다. 적당한 복의 무게, 그 중용의 미덕을 빛나는 은유로 가르치시던 엄마의 음성이 겨울 찬바람을 뚫고 내 가슴에 와 박힌다.

뚱딴지

더 익으라고 몇 남겨둔 치자가 겨울에도 붉다. 내년 음식에 들어갈 치자라서 무서리가 내리고 겨울이 깊었는데도 그냥 빈 가지에 매달아 두었다. 겉껍질이 주황색으로 짙어지더니 이제는 바짝 마른 껍질 안에 색이 온통 붉다. 저만치 봄인데 투명하게 익은 치자를 이제야 따 모은다. 실에 길게 꿰어 처마에 내다 걸어두고 햇살을 등진 치자의 속을 훤히 들여다본다. 눈부시게 곱다. 수확할 때를 한참 놓친 치자지만 오래 익히니 색이 더 곱다. 세상만사 서두를 일이 없다. 형편대로 씨를 뿌리고 원하는 때 거두면 될 일이다.

엉뚱함 속에 변화가 숨어 있는 경우가 더러 있다. 자로 잰 듯이 귀를 맞춰 산다고 해서 다 훌륭한 삶은 아니다. 생각지도 않은 곳에서 새로움은 샘솟게 마련이다. 늦은 치자를 거두다 엉뚱한 곳에서 횡재했다. 치자를 따고 보니 나무 아래 봉긋한 흙더미가 보인다. 저게 뭐지? 지난 계절에 저곳에 뭘 묻기는 한 것 같은데 암만 생각해도 영 떠오르는 것이 없다. 무 구덩이는 화단 귀퉁이, 배롱나무 아래에 만들어 뒀는데 도대체 저것이 뭐지 한층 더 궁금해진다.

분명 스스로 만들어 놓고도 전혀 기억이 없으니 잠시 난감해진다. 급한 마음에 손으로 흙을 살살 열어보니 뾰족한 어린 싹이 금방이라도 터져 오를 듯 부풀어 있다. 광에서 호미를 꺼내다 흙을 시원스레 파헤치니 그 안에 뚱딴지가 소복이 쌓여 있다. 아! 지난가을 이모네 밭에서 수확한 뚱딴지를 여기 묻어 두고 까맣게 잊고 겨울을 보냈다. 겨우내 강정 만드느라 종종걸음을 치다가 보니 그새 뚱딴지를 잊은 모양이다. 봄날에 이 무슨 횡재인가? 어찌나 반갑던지 소쿠리 가득 뚱딴지를 캔다. 자주색 뚱딴지는 겨우내 땅속에서 곤하게 단잠을 잤는지 통통하게 살이 올랐다. 막 통통한 살을 비집고 싹을 틔울 기세다. 곧 싹 틔울 뚱딴지는 흠뻑 물을 머금었다.

우수라는 말 안에 제법 습기가 고였다. 땅을 적실 정도로 비가 내리고 난 후 마당의 흙들이 부드러워졌다, 손대지 않아도 저절로 부풀어 올라 갈라진 틈 사이로 새싹이 고개를 내밀 것 같다.

마당 수도도 겨우내 얼어서 나오지 않더니만 이제 시원한 물줄기를 쏟아낸다. 찬물에 손 담가도 싫지 않은 날씨다. 양동이 가득 뚱딴지를 문질러 씻는다. 서너 차례 물로 씻어내니 흙은 사라지고 자주색 뚱딴지 모습이 선명하다. 울퉁불퉁 얼마나 못생겼는지. 자주 껍질을 손으로 쓰윽 문지르고 한입을 베물어 본다. 생과 맛이 그만이다. 촉촉하고 연하다. 막 수확한 가을철의 뚱딴지 맛보다 겨울 한 철 땅속에서 한잠 자고 일어난 뚱딴지 맛이 훨씬 더 좋다, 추위를 견딘 맛이라고나 할까. 아삭하니 속살이 부드럽다. 막 움트기 시작하는 봄맛이다.

씻은 뚱딴지를 얇게 편으로 썰어 봄 햇살에 널어 말린다. 약간의 전분기가 있어 잘 펴 말려야 한다. 간간이 바람이 불고, 햇살이 좋으면 며칠 지나지 않아 바싹 마른다. 손으로 만지면 소리가 날 만큼 말린 후에 차로 덖는다. 속이 깊고 바닥이 두꺼운 솥에 서서히 불을 올리고 어느 정도 달아졌다 싶으면 불을 낮추고 서서히 덖기 시작한다. 나무주걱으로 젓기보다는 면장갑을 끼고 손으로 하나씩 매만져야 골고루 익는다. 하얀 뚱딴지가 노랗게 변했다가 다시 갈색이 돌 때까지 조급증 내지 말고 덖다가 보면 내 몸 안에도 화기가 돈다. 오래 불 앞에 서 있어 그런지 볼이 붉게 달아오르고 등에서도 촉촉하게 땀이 난다. 솥 바닥이 얇고 불 조절을 조급하게 하다 보면 뚱딴지의 구수한 맛을 놓치기 십상이다. 바닥이 얇으면 쉬이 타고 타다가 보면 가루도 생긴다. 가루가 생기면 차가 맑지 못하고 탁하다. 그러니 맑고 깊은 구수함을 지키려면 지루하더라도 아주 낮은 불에서 세월없이 덖어야 제맛이 난다.

오래 덖은 뚱딴지 차 맛은 예전 엄마가 무쇠 솥에서 긁어 주던 누룽지 맛과 흡사하다. 아주 감칠맛 나는 구수함이 뚱딴지 차 안에 숨어 있다. 엷게 원두커피를 내려놓은 것 같은 맑은 갈색은 바라보기만 해도 마음이 푸근해진다. 건조한 봄날에는 이 차를 한 바가지 우려 놓고 들락거리며 수시로 마신다. 그러면 우선 몸의 기혈이 제대로 순환이 되는지 몸이 몹시 가벼워진다. 입맛이 없을 때는 이 찻물로 죽을 쑤는데 해물을 몇 가지 곁들여 참기름에 덖어 죽을 쑤면 해물의 시원한 맛과 뚱딴지의 구수한 맛이 어우러져 아주 독특한 맛을 느낄 수 있다. 그리고 편으로 썰어 말린 뚱딴지를 오븐에 살짝 구워내면 감자 칩 맛이 난다. 다른 차를 마실 때 하나씩 곁들이면 아주 특별한 다식이 된다.

뚱딴지는 이름 그대로 척박하고 엉뚱한 곳에서도 잘 자란다. 뿌리 역시 캐다가 보면 전혀 짐작하기 어려운 곳에서 열매 맺고 있다. 공터나 빈 밭에 뚱딴지 뿌리를 몇 개만 심어둬도 여름내 노란 꽃을 피워 우리를 행복하게 한다. 작은 해바라기 같기도 하고 조금 큰 당 국화 같기도 하다. 사는 일이 계획대로 이루어져

노다지를 캐는 경우는 드물다. 무엇이든지 뭉근히 땅에 묻고 기다릴 줄 알아야 새롭게 맞이할 일도 생긴다. 뚱딴지처럼 있는 듯 없는 듯 주변을 지키고 있다 보면 실한 열매도 맺고 맛있는 차로도 변신할 수 있다. 삶은 엉뚱함 속에 우연찮은 즐거움이 숨어 있게 마련이다. 배롱나무 아래서 만난 뜻밖의 선물은 집 나간 봄 입맛을 단숨에 불러들인다. 더러는 잊고 살 일이다. 잊었다 불현듯 만나면 그 기쁨이 두 배로 불어나니.

서식지 棲息地

초단지에 초막을 흔들어 깨우고 돌아서는 길이다. 마치 비단 결 같은 얇은 막을 살짝 흔드니 가는 실처럼 사방으로 퍼져나간 다. 꼬물꼬물 올챙이처럼 물비늘을 만들더니 시큼한 향이 코를 찌른다. 깜깜한 단지 속을 한참 들여다봐서인지 마당으로 돌아 서니 잠시 앞이 하얗다. 어룽거리는 눈앞에 분명 긴 것이 지나갔 다. 단풍나무 아래 석축 사이로 몸의 반은 이미 사라졌고 나머지 반이 안으로 빨려 들어가는 중이다.

두 번 다시 만나지 말자고 서로 마음 전한 것 같은데 그새 잊 은 모양이다. 어쩔 수 없이 같이 살게 되더라도 부디 서로 마주 치지는 말자고 이사 오던 그해 내가 부탁하지 않았던가. 언약 따 위는 헌신짝처럼 버리고 이렇게 대낮에 나의 서식지를 활보하고 다니는 심사는 무엇인지. 이곳은 내 몸이 깃들어 숨 쉬고 사는 곳이 아니던가. 처음 만난 그 날 내 누누이 일러 너의 서식지로 돌아가 다시는 만나지 말자고 신신당부했건만 올해 들어 벌써 두 번째다.

보름 전, 배롱나무 가지에 기어올라 몸을 말리고 있는 너를 보고 입으로는 매번 더불어 살아야지를 공염불처럼 외우면서도 막상 보고 나면 기겁하는 나를 너는 어찌 생각하는지. 그날도 걸음아 날 살려라. 도망가는 와중에 애먼 고추나무만 절단이 났다. 앞도 안 보고 집으로 뛰어 들어가는 바람에 다 큰 고추를 사정없이 밟아 못쓰게 한 것이다.

그날도 옆 지기가 집게에 장갑까지 끼워 살짝 네 몸을 집어 멀리 뒷산 가까이 가 놓아주며 부디 우리 집 쪽으로는 고개도 돌리지 말라고 당부했다더니 너는 어인 일로 오늘 여기 또 나타났는지. 아마도 석축 아래 너의 보금자리가 따로 있음이 분명하다. 아래 창고에 들어가면 페인트 통을 둘둘 감고 있는 너의 허물을 옆 지기가 보고 혹 내가 볼세라 암암리에 흔적을 치운다고 하더니만 안 보는 곳에서야 네가 무엇을 하든지 내 알 바 아니지만, 눈앞에서 활보하는 것만은 도저히 견딜 수가 없구나.

시골에 사는 일이 석 달만 낭만이고 그다음은 철저히 적응이라는 단어와 싸워야 함을 내 일찌감치 알았지만, 뭇 벌레와는 진즉에 친해졌어도 너만은 적응이 어렵구나. 한번 마주치고 나면 오랜 기억 속 강박으로 저장되어 곳곳에 긴 물체만 봐도 뒤로 쓰러지는 후유증이 참으로 오래 나를 괴롭힌다.

논밭에 농약을 시도 때도 없이 처대니 네가 갈 곳 없어 서성이다 그나마 약 기운이 없는 나의 뜰로 찾아오는지 내가 왜 모르겠니. 하지만 이곳은 내가 편히 쉬며 음식을 만지는 곳이고 너와는 절대 공유할 수 없으니 섭섭다 여기지 말고 내 뜻을 알아주었으면 한다. 옆 지기가 네가 사라진 구멍에다 물을 뿌리네. 들어가 숨은 다음 다시는 나타나지 않으니 너를 만날 수 있는 방법은 이것 밖에 별 도리가 없다. 너는 이곳이 편해 머무르는지 모르지만 이곳은 네가 있을 곳이 아니야. 아무리 생각해도 너와 이 마당을 나누어 가질 수는 없어. 농약 없는 안전한 곳으로 데려다줄 터이니 그만 나오길 바란다.

인기척이 없어야 나올 것이니 내가 방으로 피해주마. 쿵쿵거리는 가슴을 진정시키려 애써 봐도 소용없구나. 천장 보며 누워 있다가 부추도 다듬어본다. 이심이면 전심이라고 너 또한 불시에 나를 만나 얼마나 놀랐니. 물 폭탄까지 받았으니 잠시 한숨 돌린 후에야 몸 말리러 마당으로 나오겠지. 너는 마당에 있고 나는 방에 있지만 두런두런 너에게 내 마음을 전해본다. 너도 서늘하고 마음 편한 곳이 좋듯이 나 또한 작지만 이곳이 좋아 여기에 둥지를 틀었다. 자연에서 얻어 온 식재료로 음식을 만지다보니 이곳을 떠나서는 음식을 장만할 수 없어 산 가깝고 물 좋은 이곳에 머무르는 것이야. 너는 어떤 연유로 자꾸 나의 마당을 기웃거리는지 모를 일이지만 주말 잠시 머무르는 나를 피해서 다니면 안 되겠니. 너도 나를 만나는 일이 그다지 즐겁지만은 않을 터이니 서로 부딪치지 않는 것이 상책 아닐까.

까무룩 졸다 깨다 얼마나 시간이 흘렀는지 해거름에 마당에 나서니 세상에 얌전하게도 네가 아까 들어간 석축 위에 나와 앉아 있구나. 초록바탕에 건실한 윤기가 흐르는걸 보니 화사인 모양일세. 아가리 아래로 흐르는 비늘이 머무름과 나아감이 균일한걸 보니 꽤 건강해 보이네. 아까는 경황이 없어 그저 고함만 지르고 방으로 도망쳤는데. 축축하게 젖은 몸을 따끈하게 데워진 돌 위에서 한가롭게 말리고 있는 모습을 보니 내가 구시렁거리는 소리를 다 들은 모양이지. 사람이고 동물이고 진심으로 마음 기울여 이야기하면 안 들어 줄 사람 누가 있겠니. 반드럽지 않게 고개를 외로 꼬고 앉아 있는 모습이 폭포 같은 무섬증만 일지는 않네. 나도 몇 해 너랑 씨름하며 그새 마음 많이 열었나 보다.

놀라지 말아야지 아무리 마음 고쳐먹어도 불현듯 너를 만나면 굳은 다짐은 온데간데없고 당장 걸음아 날 살리라고 줄행랑을 치니 내 마음 나도 모를 일이다. 눈에 보이지는 않지만, 자연에도 일정한 규칙이 있어 지렁이가 살아야 할 곳은 축축한 두엄이고 장구벌레가 살아야 할 곳은 작은 웅덩이란다. 그러니 너도 너만의 서식지로 이제 돌아가는 것이 어떻겠니. 이곳은 내가 봄부터 꽃을 따 모아 음식을 만드는 나만의 서식지니 부디 다시는 걸음 않기를 바랄 뿐이야.

곧 무서리 달려들고 바람마저 매워질 텐데 너를 윗목으로 밀쳐내는 것 같아 적잖이 미안하지만 네가 어울릴 곳은 뒷산 떡갈나무 아래 돌무더기 속이야. 따뜻한 흙 속에 나뭇잎 이불을 덮고 포근한 겨울을 맞아야지. 옆 지기 발걸음이 빨라지네. 집게로 너를 집어 올리니 착하기도 하지. 투덜대지 않고 순순히 따라나서네. 붉게 탄 노을 한 조각 물고 멀어지는 너를 보며 나는 집으로 돌아와 찻물을 올린다. 그래 너는 너답게 나는 나답게 자신만의 서식지에서 봄을 기다리자꾸나.

글 밥

젓가락으로 밥을 먹는다.

밥에다 젓가락을 꽂고 옆으로 젖히니 덩어리에서 떨어져 나온 밥이 내 입속으로 들어온다. 입으로 밥을 데리고 온 젓가락을 빼내며 오래 밥을 씹는다. 씹으며 내다본 창밖에는 오월의 장미가 붉다. 참으로 게으른 식사다. 어른들이 봤으면 복 달아난다며 등을 쳤을 일이다.

매번 처음인 듯 밥을 씹는다. 처음에는 혀 위에서 구르던 밥이 씹을수록 알갱이로 변해 양 옆 턱 선으로 가 고인다. 고인 밥 알갱이가 다시 어금니 위로 올라와 부서지고 다시 턱 아래로 가 씹힌다. 한참을 이러다 보면 혀 아래 침샘에서 달달한 침이 고여온다. 밥 알갱이가 녹아들며 느껴지는 단맛은 나를 그득한 포만

216

감 속으로 데리고 간다.

　언제부터였는지 알 수 없지만, 반찬이 단출해졌다. 여러 가지 반찬을 두고 먹다가 보면 밥의 진정한 맛을 못 느낄 때가 잦으니 절로 그리된 모양이다. 입맛이 담백해지며 자극적인 반찬도 내 곁에서 사라졌다. 예전에는 여러 가지 양념이 듬뿍 들어간 맵고 강렬한 맛의 반찬을 즐겼으나 언제부터였는지 양념이 거세된 반찬 한가지면 식사를 마칠 수 있다.

　따뜻한 밥 위에 장아찌로 담근 생취 잎 한 장 얹어 먹으면 입안에 오래 머무는 취의 향내가 밥맛을 더 돋운다. 소금에 염장한 오이지는 여름 한 끼 식사로 그만이다. 맑은 생수에 밥을 말고 그 위에 손으로 찢은 오이지 하나 얹으면 황제의 밥상이 부럽지 않다. 이렇게 단출한 맛을 알게 된 뒤로부터는 번잡한 밥상이 내게서 멀어져 갔다.

　내게 있어 글 쓰는 일도 밥 먹는 일과 별반 다르지 않다. 여러 가지 잡다한 사건보다는 한 가지 사물 안에 철저히 녹아들어 그 바닥을 긁는 편이다. 그리고 바닥의 맛을 오래 음미한다. 오래 소재를 묵히다 보면 그곳에서 슬슬 단맛이 차올라오고 향기로운 냄새도 난다. 가끔은 내가 탄수화물 중독이 아닐까? 하는 마음이 들 만큼 밥을 좋아하지만, 밥을 먹지 않아 생기는 허기는 그런대로 견딜만하다. 하지만, 글을 못 써 생기는 허기는 내게 치명적이다. 뭔가를 잡고 몰입하고 있을 때가 가장 행복한데 일에 쫓겨 막막히 시간을 보내버릴 때 그 시간이 아까워 나는 심한 허기를 느낀다.

이 허기는 결코 밥으로 해결되지 않는다. 먹는 일과는 무관하게 밀려오는 헛헛함은 사람을 더 견딜 수 없게 한다. 가끔은 몸부림을 치다가 일생 나에게 주어진 글 밥의 양은 얼마일까? 가늠해본다. 우리가 평생 밥을 먹고 살면서도 얼마만큼의 밥을 먹는지 알 수 없듯이 나의 글 밥 양도 스스로 가늠하기가 어렵다. 다만 내게 다가온 글 밥을 충실히 먹고 다시 원고로 생산해 내는 일밖에, 그 너머의 일은 나 자신도 알 길이 없다.

내가 소재를 잡고 그 소재 안으로 걸어 들어가고 다시 곱씹는 행위를 하며 글 안에서 달달하게 차올라오는 단내를 맡는 순간은, 밥으로 결코 채울 수 없는 포만감과 만나게 된다. 이 짧은 쾌감에 나는 이미 중독된 것이 분명하다.

글이고, 밥이고, 번잡함에서 멀어질수록 내게는 고요가 찾아든다. 월요일 새벽 5시, 근 십 년째 읽어 오는 경전을 읽는다. 소리 내 읽다가 보면 내 목소리가 다시 내 귀에 들리고 아래위로 움직이는 치아가 부딪혀 내는 소리, 그 진동이 뇌를 울린다. 매주 읽는 경인데도 어느 날은 이 구절이 여기 있었나 싶게 생경한 느낌으로 내게 와 닿는 날도 있고 물 흐르듯이 지나가 버리는 일도 있다. 한 시간 반 정도 뇌가 경 읽은 파동에 흔들리다 보면 저절로 맑은 각성상태가 된다.

귀 뒤에서부터 맑게 차올라 오는 기운이 있을 때 백팔 배를 한다. 몸의 마디마디를 다 움직이다 보면 모든 결이 하나 둘 풀리고 막혔던 기가 소통된다. 호흡이 가빠지고 등에는 약간의 땀이 배어난다. 몸의 모든 맥이 열렸을 때 조용히 앉아 명상에 든다.

절을 하며 일어섰던 몸의 기운을 차분히 가라앉히다보면 지난 주 바쁘게 만났던 얼굴들이 떠내려가고 이번 주에 해야 할 일들이 눈앞에 줄을 선다. 명상의 들머리에서 생기는 일이다. 다시 나를 잡고 들어가면 이런 일들이 하나 둘 멀어지며 블랙홀처럼 깊은 고요 속으로 들어간다. 그 고요 안에는 눈을 감고 있어도 환한 빛이 보이고 천리 밖에 있는 사람의 목소리도 지척에서 들린다.

이 아득함의 끝에 서면 감은 눈앞에 밥 한 그릇 둥둥 떠다닌다. 쳐다보니 내 몫의 글 밥이다. 화려하게 치장한 밥이 아니라 장아찌 하나만 둔 조촐한 밥상이다. 여럿 모여 소란스럽지도 않고 자유롭게 나 혼자다. 밥상에 앉아 문장 하나를 입속에 넣고 오래 씹어본다. 씹을수록 단맛이 입안에 고여 온다. 감칠맛 나는 이 맛을 나는 오래 즐긴다. 감은 눈을 뜨고 내다본 창밖 저 너머 오월의 장미가 붉다.

소낭구*

　불현듯 물어온다. "신비한 소낭구 보러 가능교?" 등에 마른 콩대를 걸친 노인이 적적한 산골에 입 다실 일이 없는지 식구에게 아침 인사하듯이 낯선 내게 물어 오신다. 나는 막 동네를 가로질러 산 초입에 들어서는 중이었는데 쥐 눈알처럼 까만 오가피 열매가 담장에 가득한 동네 끝 집 앞에서다. 산으로 오르는 외길이다 보니 묻고 자시고 할 일도 없다. 골과 골 사이 풍성한 소낭구의 머리가 이미 보이는데 궁금해 묻는 것이 아니라 그저 소일 삼아 물어보는 것 같다. 나도 조석으로 얼굴 맞댄 식구처럼 대답한다. "거처를 옮겼더니 마음이 어찌나 부풀어 오르는지 잠재우러 왔습니더." "잠이사 방구석에서 자야지 멀리도 왔네. 소낭구가 부리더나." 밑도 끝도 없는 말을 남기고 노인 콩밭으로 총총 사

220

라진다. 불현듯 던진 그 어른의 말이 아무리 생각해도 맞다. 잠이야 방에서 청해야지. 이 첩첩산중에서 어찌 마음을 재울 수 있단 말인가? 가을 솔바람소리도 이리 거칠고 메마른데 무슨 잠을 청할 것이라고 여기까지 왔는지. 여기는 사방이 산인 군위 고로다.

산을 오르며 굽힌 몸 안에서 환하게 가쁜 숨이 몰려온다. 잠시 숨 고르기를 하고 있는데 전화가 울린다. 한동안 소식이 없던 문우가 흐린 날씨보다 더 우울한 소식을 전한다. 나는 몇 번이고 되물으며 평소 몸이 아팠냐고 다시 묻는다. 참으로 불현듯 마주하는 문우의 부고다.

그는 원석 같은 사람이었다. 다듬지 않은 거친 글 속에도 잠깐씩 빛나는 감동이 숨어 있었다. 다듬지 않아서 더욱 진솔한 그의 글은 있는 그대로가 명문장이었다. 이미 피 속에 글 기운이 숨어 있는 사람이었다. 이차적인 학습이 오히려 그의 순수한 글쓰기에 걸림돌이 아닐까 싶을 정도로 그는 이야기꾼 기질을 타고났다. 자신도 주체할 수 없을 만큼 북받쳐 오르는 기운들이 그를 글 속으로 밀고 들어가는 것 같았다. 저절로 솟아오르는 것, 참지 못해 토해내는 것, 이런 것들이 그의 글속에서는 진정성이라는 옷을 입고 날개를 달았다. 내가 지금 가슴을 치는 이유는 힘들게 날기 시작한 글쓰기를 채 꽃 피우지도 못하고 떠난 일이다.

가는 일이 예고하고 이루어지는 일은 아니지만 참으로 무정타 싶은 생각이 내내 드는 것이다.

가고 오는 일이 사람의 소관이 아니니 무어라 말할 수는 없지만 이렇게 불현듯 서둘러 가는 것은 안타깝기 그지없다. 그는 세상의 개입보다는 그냥 둠으로써 더욱 빛을 발하는 사람이었다.

저절로 오백 년을 산 소낭구 중심에 앉아 나는 가지를 올려다본다. 무수한 혈관 속을 들여다보는 것처럼 가지는 얽히고 설켰다. 가지와 가지가 맞닿은 곳에서 다시 가지가 시작되고 흐르는 기氣들이 곳곳에서 정체를 일으킨다. 엉킨 가지는 누렇게 색이 변했다.

소낭구는 지난해 태풍에 앞부분의 가지 하나가 부러졌다. 동네 청년회에서 임시방편으로 쇠 봉을 만들어 나머지 가지를 받들어 올렸지만, 균형감이 사라진 소낭구는 몸을 지탱하는 일이 힘들어 보인다. 엉클하게 드러난 뿌리는 위 가지보다 더 굵게 세상 밖으로 몸을 드러내고 있다. 거북 등처럼 메마른 몸피 사이사이에는 사람들이 저마다 적은 소원 쪽지가 유리 파편처럼 몸에 박혀 있다. 식당 명함, 시험합격, 운수대통, 제각각 원하는 꺼리들도 다 다르다. 소낭구 중심에 서서 잠시 팔을 벌려 안아 본다. 몸 안에서 꿈틀대는 소낭구의 기운이 내 몸 안으로 스멀거리며 들어온다. 외향은 힘들어 보여도 소낭구는 여태 살아 있다.

살아 있을 때 그를 보지 못하고 무겁게 내리는 비를 헤치며 그를 만나러 갔다. 참 오랜만이다. 검은 안경을 쓴 그의 평소 모습이 내 눈앞에 둥둥 떠다닌다. 사는 일이 다 무엇인지 제 코가 석 자인 삶을 살다 보니 서로 안부 묻는 일도 게을렀다. 가고 나면 그곳이 어딘지 도무지 잡을 수 없다. 서둘러 갔다는 소식에 만사를 제치고 오래된 문우들이 머리를 맞대고 앉았다. 이들도 참 오랜만이다. 오가는 말들이 많지만 나는 단 한마디도 귀에 들어오지 않는다. 오래 나는 그들 속에서 구름처럼 서성거리고만 있다. 방울토마토와 포도 몇 송이 놓인 호일 접시만 뚫어지게 바라봤다. 떠난 다음에 웅성거리는 그 무수한 말이 한낱 종잇장보다 더 가벼운 무게임을 나는 알기에 더욱 말을 잃었다.

자꾸만 붕붕 떠오르는 마음의 끈을 붙잡아 매고 그들의 이야기에 귀를 기울인다. 아무리 애를 써도 도무지 이야기는 들리지 않고 지하 빈소임에도 내 귀에는 소란스런 가을비 소리만 내내 들린다. 나무젓가락과 접시를 번갈아 보며 나는 물 한 모금도 마시지 않았다.

자정이 넘어 빈소를 나서니 막막한 어둠이 빗속에 있다. 윙윙거리던 많은 말이 한순간 비에 묻힌다. 나는 어둠과 대면하고 서서 물어본다.

"왜 쓰는가? 씀으로써 행복한가?" 다시 망자에게도 똑같은 질

문을 던져 본다. 망자도 말이 없고 나 역시 할 말이 없다.

쓰면서 느끼는 고통과 희열은 늘 같은 자리에서 우리를 맞이한다. 그러니 그 양면의 칼날에 맥없이 중독되는 것이다. 그 중독의 늪이 얼마나 깊은지 한번 발목을 들이면 다시 헤어날 수 없다. 쓰지 않고 있을 때 고통이 쓸 때의 고통보다 더 크다는 사실을 아는 사람은 다 안다. 그러니 쓰고 있다는 그 현재 진행형의 상태가 곧 행복이다. 쓰지 않음으로써 느끼는 안락과 씀으로써 느끼는 고통을 서로 맞바꾸지 않는 사람들이 글쟁이들이다.

이렇게 치열하게 매달린 우리들은 무엇을 위해 여기까지 달려왔는지 잠시 어둠 속에서 길을 잃는다. 차 있는 곳까지 우산 없이 뛴다. 헉헉 가쁜 숨을 토해내니 캄캄한 어둠속에서 서둘러 떠난 소낭구 한 그루 떠오른다. 뿌리도 드러나고 태풍에 가지도 부러졌지만 그 푸른 기상은 아직 건재하다. 그가 남긴 무수한 말의 조각들이 한편의 소낭구 풍경화로 완성되기를 바라며 나는 어둠과 비를 번갈아 바라본다.

* 소낭구 - 소나무의 사투리 (군위 고로에 있는 신비한 소나무)